인생을 채우는 —— 어느 순간들

인생을 _____
(채우는)
어느 ___ 순간들

김효섭
서정신
정다예
현자

사랑을 담은 시선, 내면의 발견, 솔직한 고백까지
인생을 채우는 서마다의 순간들을 담았다.

키효북스

인생을 채우는 완벽한 순간은 없다.

"당신의 인생을 그린 영화의 제목은 무엇인가요?"

글쓰기 수업을 할 때 종종 재밌는 몸풀기 질문을 던진다. 어렵고 익숙하지 않은 질문 탓에 시간이 제법 걸려도 답은 결국 종이 위에 적힌다. 그런데 이 질문을 던진 날은 유독 적막했다. 쓱쓱 써내려가던 사람들의 연필이 주저하며 허공을 돌았다. 나의 인생을 영화로 만들기엔 아직 완벽한 순간이 찾아오지 않았다. 그런 맹점에서 손이 멈춘 것이다.

생각해본다. 인생의 완벽한 순간은 도대체 언제일까. 사람은 끝없이 걷는 존재다. 태어나서부터 본능적으로 걷기위해 배밀이를 하고 뒤집기를 반복한다. 첫 걸음을 내딛자 응원과 사랑이 쏟아졌고, 운동회 하얀색 결승선을 향해 달리면 보상받았다. 과정의 기쁨, 나아가는 충만함, 만족스러운 하루보다 찬란한 한 장면을 위해 계속 걷거나 달렸다. 인생의 목적지 끝엔 우리가 그리던 완벽한 순간이 있을까? 하얀 종이 위에 무수히 적힌 사람들의 이야기를 볼 때면 나는 깨닫는다. 인생의 완벽한 순간은 불현듯 찾아오지 않는다고. 완벽한 순간을 맞이하기 위해 우리는 부지런히 빛나는 순간을 발견하고 기억해야 한다. 그렇게 붙잡은 작은 순간들이 퀼트의 자투리 천처럼 모여 우리의 장면을 그려내는 게 아닐까.

이 책은 쉴 새 없이 지나가는 인생의 순간들을 붙잡은 이들의 이야기다. 광부가 광산을 캐내듯 나도 몰랐던 나의 취향을 알아가는 순간, 벼랑 끝 같던 타인의 등 뒤에서 살던 내가 스스로 바람을 맞서는 순간, 무

심한 척 밀어냈던 사랑을 제대로 바라보는 순간, 면밀히 나를 바라보는 순간까지. 시간 속에서 휘발될 수 있는 순간을 잡아 묵직한 기억으로 만든 용기에 박수를 보내고 싶다. 이 책이 여러분들의 완벽한 순간의 한 조각이 되길 진심으로 바란다.

비오는 여름의 계절에서
-김한솔이 에디터

차   례

취향을 채우는 어느 순간들

1

김효섭

"무엇을 먹는지 말하라. 그러면 당신이 어떤 사람인지 말해 주겠다."
 - 앙텔므 브리야 샤바랭, 프랑스의 문인이자 미식가 -

음식만큼 본질적인 것은 없다. 삶, 문화, 철학이 모두 음식에 담겨있다.
주관적이지만 보편적인 나의 음식이야기. 더 맛있는 한끼를 위해!

내가 찾은 맛, 내가 찾는 맛

국밥의 맛

국밥이란 국에 밥을 말아 먹는 음식으로 그 종류는 순대국밥, 소머리국밥, 콩나물국밥, 설렁탕, 뼈 해장국 등 수 많은 종류가 있다. 물론 애초에 국에 밥이 말아서 나오는 것도 있지만 나는 흔히 따로국밥이라 할 수 있는 밥과 국이 분리되어 나오는 걸 선호한다.

나는 나만의 국밥 루틴이 있는데 일단 밥뚜껑을 열고 코를 가까이 가져가 크게 숨을 들이마시면서 밥 상태를 체크한다. 밥을 지은 지 오래되진 않았나? 밥의 찰기를 보며 쌀은 신선한가? 젓가락으로 조금 떠서 입에 넣어보고 우물거리며 쌀의 단맛을 느껴본다.

테이블에 고춧가루, 들깻가루, 후추 등이 있지만 본연의 국물의 맛을 보기 전에 절대 국에 먼저 넣지 않는다. 국물을 한 숟갈 떠서 먼저 맛본 후 고기류의 건더기는 건져내어 밥뚜껑 위로 옮겨 식힌다. 고기를 새우젓에 찍어 먹어보기도 하고 겉절이에 싸서 먹기도 한다. 하얀 쌀밥에 고기를 얹어 먹다가 목이 텁텁해지면 국물을 떠서 목을 적셔준다. 이렇게 건더기를 다 먹고 국에 남은 밥을 말아 먹는다. 그제야 테이블 위의 고춧가루, 후추 등을 첨가하기도 한다. 경건해 보이기까지 하는 국밥 먹는 방식은 오랫동안 반복되어 나에겐 아주 익숙하고 평온한 일이다. 옷을 입으면 당연히 거울을 보는 것처럼 말이다.

예전엔 이렇게 천천히 음식을 먹지 않았다. 국밥 한 그릇은 10분도 안 되는 시간에 마시듯 먹어버렸고, 식당에 들어가서 나오기까지가 채 10분도 안 되었을 경우도 많았다. 밥은 그저 배고픈 느낌을 지우기 위해 먹는 게 전부였다. 직장인에게 점심시간이란 합법적으로 주어지는 유일한 쉬는 시간이다. 점심을 먹는 것만으로 시간을 모두 허비할 수는 없었다. 그렇다고 남는 시간에 딱히 대단한 무언가를 하진 않지만 나에게 여유시간이 주어진 것 자체가 심리적 안정을 가져다 주었다.

회사를 그만두고 음식에 아니 음식을 먹는 시간에 집중하게 되었다. 자연스레 음식에 관심이 많은 것도 알게 되었고 나아가 요리를 직접 하기 시작했다. 나는 요리를 할 때 중간중간 맛을 자주 보는 편인데 감으로 간을 맞추지 않고 철저히 미각에 의존한다. 뒤돌아보니 요리과정 속에 민감한 미각이 빛을 발하고 있었다. 이제는 장모님도 요리하실 때 나에게 간을 좀 보라고 하신다. 나는 공식 간잡이가 되었다.

나는 나에 대해 얼마나 알고 있었을까? 단순히 음식을 좋아한다고 생각했지만 맛있는 음식을 먹을 때 행복해하는 그 순간이 좋았던 것 같다. 이 글을 쓰면서 나는 조금 더 나에 대해서 확실하게 알게되었다. 광부가 광산을 캐듯 나의 마음속을 열심히 캐다 보니 몰랐던 나의 취향들이 튀어나왔다.

삼십년도 넘게 나로 살아오면서 이제야 발견한 것이다. 소소하지만 확실한 행복도 '나'라는 주어가 빠지면 건더기 없는 국밥과 같다. 소확행을 너머 나를 알아가는 확실한 행복, 나확행을 위해 오늘도 맛있는 한끼를 적어본다.

떡볶이의 맛

"오늘 뭐 시켜 먹을까?"
"난 떡볶이!"

"오늘 뭐 해 먹을까?"
"난 떡볶이!!"

"오늘 우리…"
"난 떡볶이!!!"

나에게 떡볶이는 초등학교 때 학교 앞 분식집에서

먹던 추억의 맛이었고 성인이 된 후엔 더욱 인연이 없었는데 지하철 역전에서 잠시 허기를 채우기 위해 집어 먹는 정도였다. 하지만 그녀는 달랐다. 질리지도 않는지 매일매일 떡볶이를 먹겠다며 떡볶이 가게로 나를 이끌었다. 즉석 떡볶이, 분식 떡볶이, 매운 떡볶이 등 그녀에게 이것들은 같은 메뉴가 아니었다. 각자 매력이 있는 엄연한 다른 음식이었던 것이었다. 나는 꽤 충격을 받았다. 떡볶이를 비하하려는 건 아니지만 뭐랄까 그냥 떡볶이는 떡볶이일 뿐이잖아?

매번 다른 메뉴를 제시한다 해도 마지막 선택은 항상 그녀의 의사에 따라 결정되기에 나는 반강제로 그녀의 떡볶이 사랑에 동참하게 되었다. 자주 먹다 보니 그놈의 떡볶이 맛이 조금씩 느껴졌다. 밀떡과 쌀떡의 식감이나 프랜차이즈와 포장마차의 차이라던가. 심지어 어느 날은 내가 먼저 떡볶이를 먹자고 했다. 그녀에게 홀린 건지 떡볶이에 홀린 건지 그렇게 떡볶이는 나에게 서서히 스며들었다.

나는 쌀떡보다 밀떡을 좋아한다. 이빨을 튕겨내듯 하는 밀떡의 탄성이 입맛을 돋우었다. 고추장을 많이 넣으면 텁텁하니 고춧가루 떡볶이를 선호하는 반면 즉석 떡볶이는 고추장이 좀 들어가야 야채와 같이 어우러지는 맛이 좋았다. 떡도 좋지만 어묵이 듬뿍 들어간 어묵 떡볶이 또한 일품이다. 어묵에서 우러나는 국물이 떡볶이의 깊은 맛을 끌어내 감칠맛이 살아난다. 마지막에 송송 썬 대파를 왕창 넣어 알싸한 단맛까지 나는 게 단연 백미라 할 수 있다. 그래 나는 떡볶이에 빠져 버렸다.

어느 날은 식당에서 그녀가 콩비지 찌개를 시켰다. 결혼 5년차. 와이프 입에서 나온 낯선 메뉴 선택이었다. 나는 놀라서 물었다.

"그걸 왜 시켜?"

"그냥 오늘은 새로운 걸 먹어보고 싶네."

어렸을 때부터 길든 입맛은 쉬이 변하지 않는다고 했다. 평소라면 고르지 않을 메뉴를 선택하고, 먹지 않던 음식에 관심을 두는 것은 새로운 음식을 먹어보고픈 자신의 도전 의식 때문만은 아니다. 상대와 마주 앉아 같은 음식을 먹으며 상대의 관심사를 공유하고 싶었던 것일지도 모르겠다. 와이프가 내 취향에 가까운 콩비지 찌개를 선택한 것처럼 말이다.

부부는 서로 닮는다고 했던가. 서로를 바라보며 웃을 때 같이 웃고 슬플 때 같이 울고 얼굴에 세월이 똑같이 쌓여간다. 나와 닮아가는 상대의 입맛을 맞추고 취향도 변하며 행동까지 따라한다. 그렇게 우리는 서로를 새겨 넣고 있었다.

장어의 맛

　인천에서 나고 자란 나는 어릴 때부터 아빠와 해수탕에 자주 갔었다. 당시 연안부두 근처에는 꽤 많은 해수탕이 존재했는데 해수가 피부를 부드럽게 하고 피로 회복에 좋다고 유명했다. 목욕탕 앞에는 수산시장이 있고 그 주변으로 오징어, 문어, 새우 등을 이용한 튀김 포장마차가 즐비해 있었다. 목욕을 마치고 나오면 아빠는 나를 차로 먼저 보내고는 꼭 장어 튀김을 사 오셨다. 바다가 보이는 도로 옆에 차를 세우고 지는 노을을 바라보며 장어 튀김을 먹은 기억이 지금도 생생하다. 어린 나이에도 장어의 맛은 알았는지 가시 때문에 먹기 불편했음에도 뜨거운 튀김을 후후 불어 가며 맛있게 먹었다. 시간이 지나면서 목욕탕에 가는 것보다 목욕 후 아빠와 함께 먹는 장어 튀김이 나를 더 설레게 했다. 성인이 되어서도 장어는 가장 좋아하는 음식이 되었다.

장어는 스태미나에 좋고 최고의 보양식으로 유명하다. 복날에 우리가 삼계탕을 먹듯 일본인들은 장어를 여름철 보양식으로 먹는데 전세계에 공급되는 장어의 70% 이상이 일본에서 소비 된다고 한다. 장어를 숯불에 구워 간장소스를 입혀 덮밥으로 먹는 것이 대중적이다. 덮밥 소스도 오랜 시간 진하게 끓여낸 노하우의 결정체라서 어떤 식당에서는 장인이 죽어 장어덮밥을 더 이상 만들 수 없게 되자 남은 소스만 밥에 끼얹어 한정판으로 팔았다고 한다. 대체 얼마나 맛있길래? 예전부터 일본 여행을 간다면 장어덮밥을 꼭 한번 먹어보고 싶었다.

고즈넉한 교토의 한 시골 마을. 노포의 분위기가

물씬 풍기는 작은 가정집을 개조한 가게에 노부부가 소박하게 운영하며 테이블은 고작해야 4개 남짓. 할아버지는 장어만 구운 지 벌써 30년이 훌쩍 넘었고, 할머니는 본인만의 노하우로 차진 밥과 따끈한 장국을 알맞게 끓여낸다. 장어를 석쇠 사이에 끼고는 타닥타닥 소리를 내는 연탄불 위에 살포시 얹어 놓는다. 앞뒤로 양념을 번갈아 바르면 윤기가 자르르 흐르며 노릇하게 익어간다. 집게를 들고 석쇠를 탁탁 내리치면 양념이 불 위로 떨어지며 치익 소리가 난다. 할아버지는 익숙한 손길로 느리지만 노련하게 양념을 장어에 덧바른다. 직사각형의 도시락통 모양 밥그릇에 하얀 쌀밥을 얹고 그 위로 장어가 정갈하게 놓인다. 밥 위에 두 줄로 나란히 올려놓은 장어가 맛깔스럽다. 모락모락 피어오르는 김을 손으로 휘휘 저으며 얼굴을 가까이 가져가 냄새를 깊게 들이마시자 연탄불에 그을린 지방의 고소한 향이 몰려온다. 장국으로 살짝 목을 적신 뒤 쌀밥과 장어 한 조각을 수저에 올려 입에 넣었다. 굳이 씹지 않아도 혀로 살짝 힘을 주면 장어의 살이 으스러져 밥알 사이로 스며드는 듯했다. 부드러운 장어와 짭짤한 간장양념이 입안에 조화롭게 맴돌며 간을 맞춰주었다. 이게 일본식 장어덮밥이구나. 흠잡을 곳 없는 노포의 변함없는 맛. 만족스러웠지만 새롭거나 특별하진 않았다.

한국은 소금 혹은 빨간 양념을 덧바른 장어구이가 일반적이다. 잘 달구어진 숯불에 갓 손질한 장어를 턱하고 올리면 아직 근육이 살아있는지 꼬리 부분이 꿈틀꿈틀 뜨거운 열기에 반응한다. 잊지 않고 굵은 소금 도착착 뿌려준다. 지글지글 구워지는 장어 옆으로 간장 깻잎과 명이나물, 무 쌈이 차려지고 상추와 마늘도 한자리를 차지한다. 나는 채 썬 생강을 소스 그릇이 터질 만큼 욱여넣고 섞는다. 생강 한두 조각이 넘쳐 그릇 옆으로 떨어지지만 개의치 않는다. 이윽고 하얀 장어의 뱃살이 노르스름하게 익으면 나는 냉큼 한 조각 집어 소스에 적신 생강을 올리고 입속으로 직행한다. 탱글탱글한 장어의 식감이 즐겁다. 쌉싸름한 생강이 느끼한 장어를 단숨에 제압하고 두 번째, 세 번째 장어 조각을 입으로 집어 나르느라 손이 바쁘다. 분명 아는 맛인데 어째서 장어구이는 먹을 때마다 새롭고 특별하게 느껴질까.

장어덮밥과 장어구이 중 선택을 하라면 나는 고민할 필요도 없이 장어구이이다. 오랜 시간 끓여낸 소스에 장인의 노하우가 담겨 장어의 맛을 조화롭게 살린다지만 장어의 맛은 장어가 살리는 게 아닌가? 숯불에 잘 구운 장어 한 조각에 채 썬 생강. 이게 바로 내가 생각하는 장어의 완벽한 조합이다.

장어하면 가장 먼저 떠오르는 음식은 여전히 아빠와 함께 먹었던 해수탕 앞 장어튀김이다. 주말마다 사람들이 붐비던 연안부두는 이제 조용한 시골 수산시장이 되었다. 주변의 장어 튀김집도 더는 볼 수 없지만 그 시절의 기억이 나의 향수를 자극한다. 지금 다시 장어 튀김을 먹는다면 그때의 맛보다 못하겠지만 어린 시절 먹었던 장어 튀김은 나에게 잊을 수 없는 장어의 첫 맛으로 기억될 것이다.

맥주의 맛

맥주가 언제 가장 맛있는지 아나?
스트레스가 쌓였을 때?
치킨과 함께 마실 때?

아니. 극한까지 목마른 순간에 아주아주 시원한 맥
주를 마실 때야.

　회사에 갓 입사했을 무렵 나는 회사 근처 작은 원
룸에서 1년 반 정도 자취했었다. 직장에서 받은 스트
레스를 풀던 나름의 방법이 있었는데 퇴근하고 집에

서 혼맥을 하는 것이었다. 거창하게 안주까지 준비하지는 않았지만 퇴근길에 세계맥주 한팩을 사와 마시는 게 유일한 낙이었다. 원룸의 냉장고는 용량이 적어 부모님이 보내주신 반찬통 몇 개만 넣으면 포화상태가 되었다. 마트에서 사 온 내 맥주들은 좁은 반찬들 틈에서 생기를 점점 잃어갔다.

집에 들어와 샤워 후 시원한 맥주를 찐하게 마시고 싶은 생각에 나만의 맥주 루틴을 만들었다. 일단 집에 들어오자마자 냉장실의 맥주를 냉동 칸으로 옮겨놓고 맥주잔은 물에 적셔 냉장실에 넣어둔다. 이때 아무리 목이 말라도 절대 물을 마시지 않는다. 약 15분에서 20분 정도 뜨거운 물로 샤워를 마치면 몸에 열기가 한껏 오르는데 냉동실의 맥주를 꺼내 든다. 맥주 캔 주변으로 얇게 물기가 맺혀 냉기가 뿜어지는 걸 느끼며 뚜껑을 뒤로 젖힌다. 따각 하는 소리와 함께 하얀 냉기가 스멀스멀 올라온다. 미리 넣어둔 맥주잔에 비스듬히 따르면 맥주 거품이 샤아악 잔을 메운다. 이쯤 되면 참았던 목마름이 한계에 닿는데 잔을 입으로 바로 직행한다. 인중에 거품을 묻혀가며 꿀떡꿀떡 단숨에 잔을 비워낸다. 크아. 단전부터 끌어 올라오는 충만함을 느끼며 미소가 입가에 스르르 번진다. 눈물이 찔끔 새어 나올 정도로 만족스럽다. 눈을 감으면 내 주변은 작은 원룸에서 시원한 바닷바람이 부는 해변으로 바뀌었다. 바닷물이 햇빛에 반짝이고 해변가에 즐비한 야자수 밑 해먹에 누워있는 상상이 된다.

다닥다닥 붙어있는 빌라들 사이로 햇빛은 오후 늦게야 잠깐 들어올까 말까. 그 빛조차도 회사 사무실에서는 느낄 수 없다. 지루한 회의와 조금이라도 책임을 미루려 너스레를 떠는 이야기들. 나는 매일 수고했지만 월급은 내 수고를 알아주지 않았다. 답답한 하루를 비집고 들어와 겨우 하나의 행복감을 맛본다. 오늘의 고단함이 내일이 된다고 사라질리야 없겠지만 내일은 오늘과 다른 새로운 내일이 아니겠는가. 무력한 마음은 한쪽 구석으로 치워버리고 다가올 내일을 묵묵히 기다려본다. 맥주와 함께.

김치찌개의 맛

"저 100% 김치찌개입니다"

god의 박준형은 자신의 피부가 까맣고 이국적으로 보이지만 자신은 오리지널 한국인이라며 이 말을 했다. 김치찌개는 한국인이라면 싫어할 수 없는 집밥의 맛. 고향의 맛, 한국인의 맛인 것이다. 티브이에서 문세윤은 아내가 김치찌개를 끓였는데 밥은 2인분밖에 하지 않아 너무 서운해서 화를 냈다고 했다. 게스트들은 와하하 하고 웃었지만 '김치찌개에 밥 한 공기라니 말도 안 돼.' 라고 속으로 생각했다. 이건 전지적

돼지 시점을 떠나서 김치찌개에 밥 두 공기는 국룰이 잖아?

우리 집 김치찌개는 일반적인 김치찌개와는 다르 다. 국물이 거의 없고 김치와 고기는 반반 정도의 비 율로 푹 익힌 것이 특징이다. 국물을 떠먹기보다 김치 에 고기를 싸서 밥과 함께 먹는데 김치에 고기의 간이 배 고소하면서 짭짤하다. 오래 끓였기에 고기는 아주 야들야들 부들부들. 수저에 밥을 한 숟갈 크게 뜨고 고기를 한 점 올린 뒤 심지가 없는 이파리 부분을 골 라 김치로 수저를 감싼다. 한입 가득 넣었는데 씹기도 전에 목구멍으로 넘어간다. 밥을 한 술 더 입으로 집 어넣는다. 이어서 김치를 그리고 고기를 다시 밥을 계 속 입으로 쑤셔 넣는다. 한 공기를 다 먹어 버렸다.

성인이 되고 식당에 들러 김치찌개를 먹게 되었 다. 참치 김치찌개, 부대 김치찌개, 돼지 김치찌개, 꽁 치 김치찌개. 참치? 꽁치? 김치찌개 종류가 이렇게 많 았구나. 어지러운 머릿속을 부여잡고 돼지 김치찌개를 주문을 했다. 뚝배기에 나온 김치찌개는 줄곧 먹어 왔던 엄마의 김치찌개랑은 달랐다. 뚝배기를 수저로 휘휘 저어 보지만 걸리는 건 김치 조금과 돼지고기 몇 조각이었다. 김치찌개 전문이라더니 재료비를 아끼느라 건더기가 별로 없나. 엄마의 김치찌개를 머리에서 지워버리고 국물을 한 입 떠먹었다. 앗? 웬걸 얼큰하고 시큼 짭짤한 국물에 밥이 술술 넘어간다. 국물이 있는 김치찌개는 이런 맛이구나. 잘 담가진 김치 양념에 응축된 감칠맛이 국물에 속속 배어들어 입맛을 당겼다. 하하. 김치찌개는 그냥 다 맛있는 것이었다.

사회생활을 하며 국물 없는 김치찌개보다 국물이 자작한 김치찌개를 먹을 일이 많아졌다. 혼자 끓여 먹는 김치찌개 역시 국물이 자작했다. 기름을 두른 팬에 김치를 볶으면서 설탕을 넣어준다. 돼지고기를 넣고 어느 정도 볶아지면 내용물이 잠길 정도로 물을 자작하게 붓는다. 고기가 익을 때까지 끓이면서 간 마늘과 고춧가루 넣고 소금으로 간을 맞춘다. 대파와 청양고추로 마무리하면 아주 기가 막힌 김치찌개 완성! 어느

새 국물에 길든 내 입맛은 김치찌개를 국물이 있게 끓여 먹었다. 어딘가 모르게 2% 부족한 맛은 나의 솜씨 탓이라 치부하며 직접 요리를 했다는 생각에 만족하며 먹었다.

부모님과 따로 산다는 건 부모님의 맛이 얼마나 소중했는지 깨닫게 해준다. 음식은 물론이고, 설거지, 빨래, 청소, 분리수거 등 어릴 때부터 사소하게 챙겨주시던 부모님의 손길이 어찌나 따뜻했는지 말이다. 분가한 이후 결혼을 하고 이제는 국물 자작한 김치찌개가 익숙해졌지만 가끔은 김치 반, 고기 반 푸짐했던 엄마의 김치찌개가 그립다.

붕어빵의 맛

역이 근처에 있으면 역세권. 맛집이 근처에 있으면 맛세권. 붕어빵을 파는 곳이 근처에 있으면 붕세권이라 한다. 겨울이 되면 하나둘씩 동네에 등장해 발걸음을 불러 세웠던 붕어빵 트럭이 이제는 잘 찾아볼 수 없어 이런 말까지 생겨났다. 맛있는 붕어빵을 만드는 곳은 흔치 않기 때문에 붕세권에 살고 있다고 안심하긴 이르다. 우리 동네는 붕세권으로 근처에 잉어빵집이 존재한다. 가격은 3개에 천원으로 준수하며 팥의 함량과 겉 반죽까지 내가 좋아하는 잉어빵의 표본이었다. 주 1회 이상 꾸준히 사 먹었으며 동네 주민들도 퇴근길에 한 봉투씩 꼭 사가는 맛집 중의 맛집이다.

잉어빵의 맛은 반죽과 팥의 조화도 중요하지만 각자의 역할이 더 중요하다. 반죽은 겉은 바삭하되 속은 촉촉해야 하며 질퍽하지 않아야 한다. 반죽이 너무 얇아 팥이 튀어나온다면 촉촉한 팥에 의해 자칫 겉이 눅눅해질 수 있기에 조심해야 한다. 속에 들어가는 팥의 함량을 줄이려고 물을 많이 섞어 팥이 묽어지는 경우가 종종 있는데 이는 정말 최악의 잉어빵이라고 할 수 있다. 팥이 묽으니 자연히 반죽에 배어든다. 물을 섞어 맛이 싱거우니 설탕을 많이 넣어 팥의 고유한 단맛을 헤친다. 자고로 맛있는 잉어빵이란 반으로 나누었을 때 팥 알갱이가 살아있고 양 또한 충분해야 한다. 나는 붕어빵보다 잉어빵을 더 좋아하지만 각각 장단점은 극명하다. 붕어빵은 팥이 좀 적어도 반죽이 쫄깃하고 식어도 맛있는 반면 잉어빵은 따뜻할 때 바로 먹지 않으면 대부분 맛이 없으니 바로 먹도록 하자.

바야흐로 붕어빵 전성시대라 할 정도로 붕어빵의

크기와 종류가 다양해졌다. 요즘 일반 붕어빵은 거의 사라져 붕어빵은 곧 잉어빵과 동의어가 되었지만 사실 엄연히 다른 종류이다. 붕어빵은 일반 밀가루를 사용하여 쫄깃하고 팥은 배 부위에만 들어있으며 기름기가 적어 담백하다. 잉어빵은 찹쌀가루에 기름 혹은 버터를 섞어 반죽이 바삭하며 기름지다. 얇게 구운 반죽에 팥은 꼬리까지 가득 채워 겉으로 거뭇한 팥의 색이 비춰 보인다. 그래서인지 붕어빵보다 잉어빵이 더 비싸게 팔렸다. 속에 슈크림을 넣는 변종도 있지만 나는 짙은 검붉은 색 팥 앙금이 들어 있는 전통의 맛이 더 좋다.

어떤 이들은 날씨의 변화로 계절을 체감한다지만 붕어빵이 길거리에서 사라질 때 나는 비로소 여름이 온 것을 체감한다. 사계절 먹을 수 있는 떡볶이, 호두과자, 호떡, 어묵같은 길거리 음식과는 달리 붕어빵은 계절한정이니까. 작은 포장마차 안에서 더위를 식히는 주인 아주머니의 표정이 심상치 않아진 것은 6월부터였다. 7월이 되면서 붕어빵의 열기를 견디기 힘드셨는지 동네 붕어빵 집이 말도 없이 사라졌다. 너무 갑작스러워 지나갈 때마다 오늘은 나오시려나 자꾸 확인하게 되었다. 마지막 인사도 하지 못했는데 이별이라니 이토록 아쉬울 수가! 겨울을 알리는 붕어빵의 맛. 날씨가 차가워지고 옷깃을 여미는 계절이 돌아오면 다시 만날 수 있기를 간절히 바라본다.

귤의 맛

고백하자면 나는 귤을 엄청나게 좋아한다. 얼마나 좋아하느냐면 10개 정도는 쉬지 않고 연속으로 까먹는 건 기본이고 귤 박스 옆에 앉아 한 상자를 텅텅 비운 적도 있다. 이 정도로 귤을 좋아한다고 할 수 없다고? 그렇다면 한 가지 더 알려주겠다. 이건 비밀인데 나는 귤을 만지면 귤의 맛을 감별할 수 있다. 신맛, 단맛, 맹탕은 물론이요 당도가 어느 정도인지 까지 느낌이 온다. 그래서 나는 박스에서 맛있는 귤을 혼자 다 골라 먹어버린다. 엄마는 아직 귤 남았는데 귤 박사가 왜 귤을 안 먹냐고 한다. 나는 이제 질렸어. 라고 말하고 새로운 귤 박스를 살 때까지 기다렸다.

　어떤 귤이 맛있는 거야? 라고 나에게 묻는다면 설명은 잘 못 하겠다. 귤을 만졌을 때 촉감과 색 빛깔 그 모든 것을 본능적으로 느끼고 고른다. 그래서 맛있는 귤을 골라 줄 수는 있지만 내 노하우를 알려 주기는 힘들다. 귤을 계속 까먹다 보면 손톱 끝에 하얀색 줄기(?) 같은 것이 끼고 손톱 색도 점점 누렇게 변해간다. 귤껍질의 특정성분 때문인지 손가락의 지문 있는 부분이 꺼끌꺼끌하게 된다. 조금 인상이 찌푸려지지만 상관없다. 귤의 꼭지가 없는 반대편을 손끝으로 살짝 누르면서 귤에 흠집을 내고 양 엄지 끝을 흠집 사이로 밀어 넣는다. 반을 쭈욱 쪼개면서 내용물의 상태를 확인한다. 손톱자국에 흘러나오는 귤즙을 입으로 후룩 하고 핥아먹으며 귤의 당도를 한 번 체크. 반으로 쪼개진 귤껍질을 손끝으로 밀어 과육과 분리해 낸 후 입으로 바로 골인. 입에 새콤달콤한 귤의 향이 퍼진다. 아 달다. 입꼬리가 스르륵 올라가는 걸 느끼며 내 손은 어느새 다음 귤을 향하고 있었다.

군것질의 맛

비틀즈 하면 뭐가 떠오르세요?

비틀즈는 영국의 아주 유명한 록밴드로서 대중음악 사상 가장 위대한 음악가 중 하나로 평가받는다. 당시 침체되어 있던 록 음악계에 새로운 바람과 활력을 불어넣었고... 응? 그게 아니라고? 그래. 내가 말하고자 하는 비틀즈는 1990년대에 출시된 오리온의 비틀즈라는 츄잉캔디이다. 내용물은 오렌지, 포도, 사과, 레몬 4가지 맛으로 구성되어 있고 빨간색 표지에는 4가지 색의 동그란 캔디들이 악기를 연주하고 있다. 아마 동명의 유명한 밴드를 모방한 게 아닐까 싶다. 당시엔 몰랐지만 옛날 과자들은 외국의 유명한 과자를 따라 만든 것들이 많았는데 비틀즈도 스키틀즈라는 글로벌 츄잉캔디 브랜드를 모방해 만들어졌다. 어릴 때는 비틀즈를 많이 사 먹었는데 최근에 비틀즈는 어디에서도 찾아볼 수가 없게 되었다. 그리고 편의점에는 자연스레 스키틀즈가 자리를 잡았다.

스키틀즈는 비틀즈보다 알이 작지만 양은 더 많다. 오리지널은 딸기, 오렌지, 포도, 사과, 레몬 이렇게 5가지 맛이 존재한다. 어느 것이 더 낫다는 것은 나에게 중요하지 않고 이 과일 향의 쫄깃한 식감을 좋아했다. 비틀즈에 비해 스키틀즈는 다양한 버전이 존재하는 게 매력인데 우리나라에는 오리지널 맛과 사워 맛 두 가지밖에 구할 수가 없다. 각 맛별로 표지 색이 다르다. 빨간 오리지널 과일 맛, 연두색 사워 맛, 보라색 와일드 베리 맛, 하늘색 트로피컬 맛, 분홍색 디저트 맛이 내가 먹어 본 전부지만 이 외에 10가지 맛이 더 존재한다. 개인적으로 다른 맛이 더 궁금하지 않은 이유는 오리지널이 가장 내 입에 맞기 때문이다.

어느 날 면세점에서 스키틀즈 매장을 본 적이 있다. 홀리듯 들어간 그곳에서 대용량의 스키틀즈를 발견했다. 편의점에 파는 작은 사이즈를 먹고 매번 아쉬웠던 생각에 대용량 스키틀즈가 너무너무 갖고 싶었다. 차마 사고 싶다고 말하지 못하고 만지작거리고 있었더니 와이프가 "사고 싶으면 사"하고 쓱 지나간다. 아무리 대용량이라지만 군것질 주제에 가격은 또 왜 이렇게 비싼지 머리 위에 소고기가 아른거렸다. 정신 차려보니 내 양손 위에는 대용량 스키틀즈가 곱게 자리 잡고 있었다. 집에 돌아와 눈에 잘 띄는 선반 맨 앞줄에 올려두었다. 먹지 않고 바라만 봐도 흐뭇하고 마음이 든든했다. 오리지널 빨간 표지가 유난히 새빨갛게 빛나 보였다. 더 좋은 건 5가지 맛을 골고루 맛보고 마음에 드는 맛만 골라 먹기도 했다.

외출하고 집에 돌아오면 스키틀즈 봉지를 쓰다듬으며 바스락 거린다. 묵직한 내용물에 만족하며 눈을 감은채 하나 꺼내어 입에 넣고 앞니를 이용해 잘근잘근 씹으며 혀끝으로 향을 느껴본다. 포도향? 레몬향?

사과향이네! 야금야금 그 많던 스키틀즈를 다 먹자 한 동안 충족감에 다른 군것질을 하지 않았다.

아이스크림은 민트 초콜릿, 스낵은 쌀로별, 우유 는 허쉬 초콜릿 우유, 젤리는 트롤리. 군것질만큼 취향 을 타는 건 없다. 본인이 좋아하는 것을 잘 아는 사람 이 얼마나 될까. 취향이 확고해질수록 나에게 맞는 것 을 찾는 감정 소모도 적어진다. 맛있는 건 다 좋아! 라 는 포용형도 좋고 달고 짜고 맵고 자극적인 맛을 좋아 하는 어린이 입맛도 상관없다. 내가 행복을 느끼는 맛 을 아는 것. 그 순간이 중요한 게 아닐까?

인생을 채우는 어느 순간들

2

서정신

울산에서 태어나 자라고 결혼 전 30살까지 살았다. 내가 살던 집은 바다가 보이는
동네였다. 나는 바다를 보며 자랐고 바다를 사랑했고 저 바다 너머 세상을 궁금해
했다. 그리고 결혼을 통해 그 너머의 세상으로 나왔다.
그 너머의 세상은 어땠을까⋯.

바람이 부는 곳으로 간다

인생 1막

20년 전 어느 날, 나는 8년간 사귀었던 남자친구의 이별 통보를 들었다. 내가 20대 후반 때 일이다. 그때 내 머릿속을 가득 채웠던 단어는 '배신감'이 아니었다. 그것은 바로 협상, 진퇴양란, 투자금 손실이었다. 사랑이고 뭐고 내가 그동안 들인 돈은 어떡하지. 이 자식만을 믿고 설계한 내 인생 방향과 계획 그리고 무엇보다 서울로 가고 싶었던 내 욕구는 어쩌라고.

그 당시 나는 지방에 살았고 아무 연고도 없는 서울에 상경하고 싶었다. 혼자서 올라갈 엄두가 나지 않았던 나는 인서울한 남자친구를 서울로 진출하는 유일한 연결통로로 삼았다. 철 없던 시절이었다. 어릴 때 나는 부모 운이 없었다. 냉정하고 이기적인 아버지와 무기력하고 나약한 엄마 그리고 태어날 때부터 장애가 있는 언니는 늘 아팠다. 무엇하나 내 뜻대로 살기엔 어린 내가 할 수 있는 일이 별로 없었다. 지방대를 졸업했지만 혼자서 무엇을 이룰 자신이 없던 나의 유일한 투자는 남자친구 재테크였다.

하지만 그런 나의 투자는 헤어지자는 남자친구의 말 앞에 최대 고비를 맞이한 것이다. 이 사태를 적극적으로 대처해야 했다. 자존심을 위해 쿨하게 헤어질 것인가, 아니면 너 없이 살 수 없다며 신파극을 찍고 살살 달래서 다시 사귈 것인가. 이 두 가지 방안을 두고 고심하고 또 고심했다. 늘 나약했던 엄마가 내게 즉문즉답해준 답이 생각났다. '일단 불리할 땐 숙이고 들어가라.' 냉정하고 이기적인 아버지한테 엄마는 늘 숙이는 방법을 아셨다. 헤어지기 싫다면 그냥 숙이고 들어가라는 엄마의 말에 따라 나는 눈물까지 보이며

비굴한 작전에 돌입했다. 비열하긴 했지만 그렇게 모질진 못했던 남자친구의 애매모호한 성격 덕분에 우리는 다시 만나게 되었다. 졸업과 동시에 서울의 기업에 취업한 남자친구는 더 이상 물러설 수 없는 완전한 먹잇감이 되었다. 나는 속으로 외쳤다. '이제 너는 죽어도 내꺼야!'

취업을 하고나니 남자친구뿐 만 아니라 그의 어머니까지 가세해서 나를 반대했다. 산하나 넘으니 또 다른 산이 나왔다. 이제는 숙이는 정도가 아니라 꺾어서 숙여야 하는 정도가 되었다. 그 때 나약한 엄마는 내게 다시 확신을 주셨다. '사실 우리가 내세울 게 없잖니. 그냥 결혼할 때까지 무조건 숙여…'

돈이 없어서 결혼을 못하겠다는 남자친구에게 몸만 오라는 통보를 했다. 그동안 내가 갖은 알바로 번 삼천만원과 대출 천이백을 보태서 정확히 사천 이백을 또다시 투자했다. 서울의 10평 빌라를 시작으로 바라고 바랐던 서울 상경이 실현되었다.

나의 남자친구 재테크 1막은 그렇게 시작되었다

인생 2막

오랜 연애에 종지부를 찍는 것만으로 나는 어떤 하나의 관문을 통과한 느낌이었다. 연애 기간 총 8년 동안 남자친구는 초반 3년을 제외하고 제대와 동시에 나와 헤어지고 싶어 했고, 나는 느낌으로 그것을 알 수 있었다. 사실 나머지 연애 5년 동안 나는 고군분투했다. 어떻게 했냐고??

믿지 못하겠지만 분기별로 옷을 사줬다. 옷을 좋아했던 그는 분기별로 나에게 옷을 선물 받고 갈등하는 것 같았다. 진짜로 잘 만나주지 않으면 더 고가의 옷을 선물했다. 이게 참 믿기지 않겠지만 백을 좋아하는 여자들이 남자친구에게 백을 선물 받는 것과 동일할 것이다. 이 눈물의 연애 기간을 종료하고 나는 드디어 결혼에 골인했다. 남친이 아닌 이제 남편이 생긴 것이다. 뭐 이제 헤어지기는 더 어려워졌으니 분기별로 옷도 끝났다. 이 시절이 지긋지긋해서 나는 지금도 남편이 옷을 사러 갈 때 따라가지 않는다. 다 잡은 고기에 더 밑밥을 주지 않는 것처럼. 사든지 말든지…. .

결혼을 재테크로 생각했던 나의 마음속엔 내가 번 돈도 내 돈이고, 당신이 번 돈도 내 돈을 하겠다는 이상한 논리가 있었다. 이런 구조에서 결혼하지 않고 혼자 사는 것은 손해라는 생각을 한 것이다. 나는 이상하게 남자, 결혼을 무슨 1+1로 생각했다. 아무 노력도 하지 않고 남의 것을 그저 탐하려는 생각들, 무조건 보태기 하고 싶은 심리였다. 그래서 그랬을까. 나의 결혼 재테크는 실패 그리고 또 실패였다.

《 1탄 돈 실패 》

결혼을 하고 성인 남성이 꼬박꼬박 우리 집으로 들어오는데 나는 뭔가 벅찬 마음이 들었다. 내가 더 노력하지 않아도 이제 더 옷을 사주지 않아도 그가 매일 우리 집에 들어온다는 자체가 나를 설레게 했다. 인간 하나, 그것은 내가 해주지 못 하는 일을 대신 해줄 수 있는 어떤 잉여의 노동력이기도 했다. 먹던 밥상에 수저 하나만 놓으면 나머지는 무한대로 그 남자가 해주기를 바랐다. 그리고 살기 시작했다.

웬걸!

나는 8년을 연애했지만 서울과 지방에서 떨어져 있었고 실제로 한 달에 한 번만 만났다. 그래서 모르는 게 많았다. 연애 기간 내내 처음부터 남편은 학생이었고, 졸업과 동시에 결혼했기에 끝까지 학생이었던 것이다. 그 긴 연애 기간 동안 먼저 대학을 졸업하고 취업했던 나는 자연스레 데이트 비용을 냈다. 가뜩

이나 호시탐탐 헤어질 생각만 하는 사람에게 돈을 쓰라고 할 수도 없었고 울며 겨자 먹기로 결혼에 골인할때까지 투자비로 지출을 했다. 분기별 옷은 보너스였고.

사실 이래서 남편의 경제개념을 알지 못했다. 그가 돈이 없는 무일푼의 남자였고 나처럼 가난했고 별 볼일 없는 경제력을 가졌던 것 외에 내가 그에 대해 아는 것은 너무 없었다.

결혼하고 처음 마트에 가서의 일이다. 어찌나 꼼꼼하게 장을 보는지 내 눈을 의심했다. 매일 먹는 계란과 파 양파 등등 일용식품을 고를 때의 그 진지함이란. 일주일이면 또 와서 고를 것을 왜 저렇게 시간과 공을 들이지, 게다가 유통기한 제일 오래된 것을 찾는다고 매장을 난장판으로 만들었다. 저게 뭐하는 짓이람. 그리고 이것저것 가격, 양, 질 면에서 비교를 하는데 이건 완전 논문을 쓸 태세였다. 나는 기가 막혔다. 더 가관인건 본인이 사고자 하는 것 외에 내가 무엇을 사려고 하면 각종 잔소리를 하면서 못 사게 했다. 오이하나 더 담는데 무한한 설명을 해야 했다.

피곤한 장보기를 끝내고 밥을 먹으러 가서였다. 이것저것 푸짐하게 시켜서 양껏 먹는 내 취향과 달리 그는 너무 작은 양을 시켰고 처음 주문은 본인이 먹고 싶은 것을 시키고 다음 메뉴는 본인이 두 번째로 먹고 싶은 것을 나에게 강요했다. 일일이 대응하기 힘들 정도로 귀찮아서 그냥 그렇게 하라고 했는데 훗날 이것은 대를 이어서 첫아이가 태어나서는 본인이 세 번째로 먹고 싶은걸 강요하고 두 번째 아들이 태어났을 때는 가장 싼 음식을 강요해서 시켰다.

알고 보니 그는 본인의 돈을 거의 안 쓰는 인색한 사람이었다. 일명 짠돌이. 안 쓰고 모으냐고 아니 안 쓰는데 돈은 하나도 없는 그런 이것도 저것도 아닌 피곤한 사람이었다. 그가 나의 미끼에 넘어갈 수밖에 없었던 구조가 있었던 것이다 그는 본인 돈도 쓰지 않는데다가 남이 사주는 공짜를 좋아했다. 그는 빌붙기의 달인이었다.

뛰는 놈 위에 나는 놈이 있다는 옛말이 있지 않은가. 그놈은 나는 놈이었다. 정말 훨훨….

이 긴긴 마트 일정을 마치고 나올 때도 어김없이 내 카드를 긁어야했다. 계속 나보고 긁으라고 해서 나는 헷갈릴 때가 있었다. 나를 무슨 옆집아줌마로 착각하는 것은 아닐까? 우리가 남이어서 내가 옆집에 사는 아줌마여서 내가 긁으면 자신은 남는 장사라고 생각하는 건가. 우리는 한집에 사는데 내가 돈을 쓰나 너가 돈을 쓰나 앞에서 쓰고 뒤로 가면 똑같은데 마치 다시는 안 볼 사이처럼 그렇게 카드를 긁으라고 난리를 쳤다. 외식을 가도 장을 봐도 돈은 다 내가 내야했다. 한마디로 나는 한 푼도 그에게 돈을 뜯을 수 없었다. 대 참사였다. 대참사….

월급은 다 가져다주고 후한 남자 만나서 우아한 곳에서 외식하고 공주처럼 대접해주기를 바랐던가. 나는 나를 벗겨먹는 그를 보며 한탄했다. 그리고 돈을 쓰지 않는 남편 때문에 나도 돈을 벌러 생활전선에 뛰

어들어야 했다. 그는 나를 더 강하고 억척스럽게 했다. 대학 졸업 후에도 변변한 직업이 없던 나는 본격적으로 공부를 했고 결혼하고 5년쯤 되었을 때는 어느덧 번듯한 직장인이 되어있었다.

혼자서는 아무것도 못 한다고 아무것도 이룰 수 없다고 믿었던 나는 째깍째깍 돈버는 기계가 되었다. 남자 덕에 웃는 날만 기다렸던 나의 과거는 허무한 추억이 되었고, 내가 하루 벌어 하루를 버티는 그런 삶의 연속이 되었다.

《 2탄 애정 실패 》

나처럼 똑같은 감정을 가지고 있는 게 인간인 줄 알았다. 사람이란 자고로 이성과 감성을 혼재한 양면의 성질이 아니었던가. 누군가는 이성만 있고 누군가는 감성만 있지는 않을 것이다. 그런데 나는 보았다. 이성이 지배하는 뇌의 구조를. 장거리 연애할 때 정확히 우리가 한 달에 한번만 만났을 때는 적어도 그가 가끔은 달콤한 말도 하지 않았을까? 아뿔싸! 그러나 결혼하고 그는 이성만이 존재하는 인간으로 탈바꿈하고 있었다. 20년 동안 살면서 나는 볼수록 볼매가 아닌 볼수록 신기한 남자를 보았다. 나를 계속 이성적으로 대하는데 이럴땐 또 옆집아줌마가 아닌 사무실 여직원같았다. 내가 느끼는 것은 회사 동료가 나를 대하는 느낌! 아니 지금 내 옆의 동료는 30살의 남직원인데 적어도 남편보다는 싹싹하다.

늘 사무적으로 회사이야기를 하는데 뭐 대화의 거리도 거의 정해져 있다. 회사 이야기를 할때는 업무적인 것은 거의 없고 '점심때 내가 커피를 샀는데', '어제도 샀는데', '오늘도 샀다는….' 그가 정말 샀을까? 그리고는 바로 정치이야기로 넘어가서 세상 부조리에 분노하다가 마무리는 내일의 날씨로 마감한다. 날씨는 꼭 예보해준다. 내일 비가 오니 우산을 쓰라던가 추우니 외투를 입어야 한다 등등. 왜 나의 얘기, 너의 얘기 우리의 얘기가 없냐고 수없이 반문했지만, 시간이 흐를수록 더 고리타분한 것만 추가될 뿐이었다. 아저씨들의 족구이야기, 낚시이야기 등등. 이렇게 차서 이겼다느니, 어디로 낚시를 가야겠다는 등. 시간이 흘러도 나의 이야기는 없다.

저럴 거면 왜 결혼을 했지? 아참! 내가 하자고 했구나….

《 3탄 동반자 실패 》

돈도 멀어지고 애정도 실패했지만, 더 참담한 것은 우리가 하고 싶은 취미생활이 다르다는 것이었다. 이 남자로 뭔가 이득을 보려는 나의 심보는 뭐 하나 제대로 되는 게 없었다. 우리는 완전한 평행선이었다. 행복한 부부가 될 확률은 부부마다 상대방이 원하는 것을 해줄 때 라고 했다. 물론 남편은 너무 건전한 취미를 많이 가졌다. 산에 가는 것을 좋아하는데 그 얼마나 건강하고 건전한가. 그런데 나는 도저히 산에 가는 것이 싫었다. 신혼부터 결혼 5년차까지는 그가 원하는 산에를 죽기 살기로 올라가줬다. 그런데 그는 나와 달랐다. 산에 올라갈 때 나는 오르면서 느껴지는 내 오롯한 감정에 집중하고 싶었다. 준비하는 과정, 등산하면서 그와 나누는 소소한 이야기 등 그러나 그가 산에 오른다는 것은 오로지 산에 오른다는 계획과 그 계획을 얼마나 잘 추진했는지 일종의 프로젝트일 뿐이었다. 이 시간대에 몇 미터를 돌파해야하고 산행하는 시간과 기온 오늘의 산행이 내일의 산행 밑거름이 되는 뭐 무슨 보고서를 쓰는 사람처럼 계획적이었다. 나는 5년 정도 산행을 하고 포기했다. 더 산에 오르지 않았고 이 만행은 딸이 걸음마를 시작할 때 다시 시작됐다. 정상에 오른 사진마다 딸아이가 얼마나 죽기직전의 모습이었던지, 겨울 산행에는 볼이 빨갛게 터질 지경이었다.

여행을 가서도 이 프로젝트는 계속되었다. 즉흥적이고 무계획적으로 움직이는 나와 달리 그는 출발시간부터 도착시점까지 하나하나 다 기획하고 자신의 계획대로 여행이 진행될 때 무슨 희열같은 것을 느끼는 것 같았다, 한 코스가 끝날 때 마다 가관이었다. 가는 곳 마다 자신이 짠 코스, 음식이 어땠는지 꼭 평점을 매기게 했다 설문지에 체크하듯이 우리는 평점을 줘야했다. 여행하면서 나의 감정과 생각 무엇을 해보고 싶은지 무엇이 중요한지는 안중에도 없는 것 같았다. 결혼하고 정말 전국 방방곡곡 안 가본 곳이 없었지만, 그렇지만 내 기억속의 장소는 다 한군데도 없었다. 기억나는 장소도 행복했던 여행도 없었다. 단지 그의 프로젝트에 우리는 그저 부품처럼 느껴졌다.

나는 이 남자로 돈뿐만 아니라 행복의 재테크를 하고 싶었다. 그러나 돈도 행복도 1 플러스 1은 되지 않았다. 오히려 돈은 나 스스로 열심히 벌어야 했고 맞지 않는 결혼생활은 그야말로 혹독했다. 그리고 생각보다 더 불행했다. 나는 30대에 두 아이에 대한 책임감으로 하루하루를 지냈다. 아이들에 대한 것은 엄마로서 본능이었기에 최선을 다하고 싶었다. 더 솔직하게 말하면 나는 중간에 멈추고 싶지 않았다. 8년간 사귄 시간이 아까워서 못 헤어졌던 것처럼 나는 중간에 그만두고 싶지 않았다. 행복하지 않았지만 그만두는 것은 더 싫었다. 그리고 무엇보다 이혼은 왠지 더 손해인 것 같았다. 이게 무슨 논리이지. 결혼을 장사로 생각하더니 이제 이혼은 손실로 보는구나. 이 어처구니 없는 생각들로 나는 한번 버텨보자는 생각을 했던 것 같다.

뭔가 이득이 생길 때 까지 끝까지 이 남자 재테크를 멈추지 않을 것 같았다.

인생 3막

　이토록 이 남자와 무리한 결혼까지 강행한 가장 중요한 이유는 내 인생을 어떻게든 성공으로 이끌고 싶었기 때문일 것이다. 그것이 아직은 앞이 안보이고 무엇을 해야 할지 막연했기 때문에 나는 가능한 내가 가질 수 있는 것들을 최대한 확보하고 싶었다.

　무엇보다 지금 사는 태어난 가정을 버리는 게 가장 중요했다. 부모님은 가난했고 내가 버는 것은 전부 드려야 했기 때문에 이곳에서는 경제적 자립을 하기 힘들었다. 처음부터 가난했고 내가 벌어도 가난했고 아무리 드려도 가난했던 가정을 나는 이제 정리하고 싶었다. 새롭게 출발하고 싶었다. 나의 꿈을 위해 나도 태어난 가정이 아닌 새로은 삶을 개척하고 싶었다.

결혼하고 서울로 올라왔을 때, 서울이라는 톨게이트를 지나는데 가슴이 뛰었다 막연하게 무언가 희망 같은 게 생겼다. 내 유년기는 이제 끝이 나고 다른 막이 시작되는 것이다. 이 남자사용법은 어려웠지만, 내 뜻대로 모든 것이 되지는 않았지만 내 뜻대로 할 수 있는 것이 한 가지 있었다. 그것은 공부였다.

결혼하고 나는 공부에 돌입했다. 지금까지와는 다르게 무언가를 이루고 싶었고 그 꿈이 가능하다는 것을 보여주고 싶었기에 열심히 했다. 내 공무원 수험기간은 정확히 3년 6개월이었다. 이 기간 동안 매일 12시간을 공부했다. 그런데 그것은 그리 어려운 것은 아니었다. 자고 일어나면 다시 힘이 솟았고 무언가를 하고 싶다는 열망이 컸다. 그 사이 첫 아이는 어느새 4살이 되었다. 수험기간동안 두 번 정도 죽을 거 같다는 생각이 들기도 했다. 외워도 외워도 계속 떨어지니 나

중에는 책을 펴고 처음부터 끝까지 토시하나 빼지 않고 전부 다 통으로 외우는 강수를 두었다. 머리는 나쁘지만 해내고 싶었다. 남편을 붙잡았던 그런 마인드로 무조건 끝까지 했다. 어디 너 죽고 나죽고 해보자!

옆에서 지켜보던 남편은 내가 좀 이상했나 보다. 법대를 나와 머리가 좋은 남편은 이렇게 무식하게 공부하는 사람은 본적이 없었나 보다. 자기가 본 역대 고시생들 중에 네가 가장 탑이라며, 이럴거면 고시를 하지 그러냐며 빈정댔다. 아무도 내가 합격할 것이라고 생각하지 않았기에 내 도전은 무모했다. 내가 생각해도 그랬다. 내가 무슨 공무원이냐.

당신은 해 보았는가, 합격자 명단을 확인하는 순간의 그 길게만 느껴졌던 정적을. 그리고 다시 한 번 내 이름을 되물었던 그 순간을. 누구 엄마가 아닌 내이름 석자를….

나는 드디어 합격했다. 34살, 나이제한이 있었던 그 당시, 마지막 도전이었다. 어느 스타가 그랬다. 자고 일어나니 스타가 되었다고. 나도 기분이 그랬다. 3년 6개월을 투자하고 한평생 일자리를 제공한다는 것이 매우 큰 수익처럼 느껴졌다. 행운이랄까, 그리고 실제로 그때부터 공무원이라는 직업이 상한가를 때리면서 사회적으로 주목받는 투자 종목으로 급등했다. 나는 34살이라는 신화를 기록하면서, 그 당시 살던 빌라에서는 나름 유명한 사람이 되었다. 오죽하면 합격하고 그 빌라 골목에 플래카드가 걸릴 뻔한걸 뜯어말릴 지경이었다.

이런 기쁨도 잠시, 나는 정말 죽어라 일만했다. 처음 입사했던 부평2동 사무소를 시작으로 그렇게 공직 생활을 시작했다. 내가 본 동사무소에서는 등본하나 떼어주고 종일 노는 것 같았는데 막상 그 안에 들어와 보니 밖에서 보던 것과는 다른 삶이었다. 무엇보다 책임감이 필요했다. 하고 싶다고 하기 싫다고 그만둘 수 있는 게 아니었다. 무엇보다 늦은 나이에 들어온 사람이 없었던 그 당시에 나이와 직급이 맞지 않는 모든 게 처음이었던 것이 힘들었다. 과연 내가 이 길을 잘

헤쳐 나갈 수 있을까 걱정이었다.

어두운 터널을 맺과를 돌때마다 느껴야 했다. 할 수 있을까. 몇 번의 동사무소 근무를 했고 특히 2014년도에는 사전투표라는 새로운 선거제도가 도입되면서 열 번의 모의선거를 해야 했고, 그 기간과 겹쳐서 그해 인천아시안게임을 치르는 동안 동사무소에서 막대한 일들을 해야 했다. 많은 일들이 내려지면서 같이 일하는 직원과의 불화도 있었고 지금 생각해보면 왜 이런 공직생활들은 하나도 낱낱이 알려지는 것들이 없을까 싶을 정도로 그해 우리 직원들이 겪었던 일과 동료애를 드리마로 만들고 싶을 정도였다.

그리고 그다음 근무지였던 구청에 들어가서는 공유재산 일명 땅 업무를 보았는데 이곳에서는 소송까지 걸리는 초유의 사태까지 일어났다. 이 소송을 통해서 행정이라는 것이 얼마나 중요하고 공정해야하며 책임과 도덕성을 필요로 하는지 몸소 깨달을 수밖에 없었다. 이런 낯선 경험과 일들을 줬을 때 나는 그

것을 해야 했고 잘 해내야 했기 때문에 마음 편히 지낼 수가 없었다. 혹여나 잘못될까봐 처음 가는 길이라 몹시 두려워서 나는 늘 전전 긍긍 해야 했다. 내가 옳다고 판단했지만, 상사와의 불화도 있었고 그런 과정에서 좋은 자리에 있다가 안 좋은 자리로 옮기는가 하면 믿었던 직원들이 하루아침에 등을 돌리는 그런 과정도 생기게 마련이었다. 어느 조직에서나 그 조직에서 수십 년을 버틴다는 것은 크나큰 내공을 쌓아야만 하는 것이었다. 그 긴 시간동안 잘난 척도 해보았고 잘나가 보기도 하고 아주 크게 무너지기도 했고 내 직렬과 다른 맞지 않는 자리에서 일해야 하는 힘든 때도 직면했었다. 그때마다 포기하지 않고 길을 걸어가다 보니 분명 그 끝은 보이게 다 되어 있었다.

이런 과정에서 아이도 키워야 했고, 맞지 않는 남편과도 계속 싸워야했다. 남편 덕으로 먹고살려던 내 계획은 다 틀어지고 요즘은 내덕에 남편이 먹고 사는 거 아닌가 하는 생각이 들 정도다. 내 복지포인트는 들어오자마자 남편이 다 써버린다. 여전히 외식 하면 내가 돈을 내고 여전히 분기별로 옷을 사주기도 한다.

무언가의 이득을 찾다보니 어느덧 20년이라는 시간이 흘렀다. 나는 20년 만에 문득 소스라치게 놀랐다. 내가 이 남자랑 20년을 살다니…. 직장에서도 20년이면 명퇴를 하고, 무슨 일이든 20년 버틴 사람을 우리는 함부로 대하지 못한다. 그 내공을 감히 따라가지 못하기 때문이다. 나는 내 자신에게 손뼉을 쳤다. 그 긴긴 시간을 인내하며 아이들을 성장시킨 나 자신에게 무조건 박수를 보내고 싶었다. 나의 시작은 얄팍했지만 스스로 직업을 갖고 성장했으며 아이들을 성년이 되도록 교육했다. 한 사회의 구성원으로 최선을 다해 노력했으며 사회적으로도 바르게 이바지했다.

세상이 무서웠고 혼자 일어나기가 두려웠고 그래서 누군가와 같이 가려고, 세상을 가리려고 나는 다른 사람을 결혼을 선택했다. 그러나 살아보니 나의 인생의 짐은 다 따로 있었다. 내가 가려는 길을 다른 사람이 대신 가 줄 수 없었다. 그가 가려는 곳도 내가 가

줄 수 없다는 것이다. 우리는 같이 살지만 결국 스스로가 일어서야 한다는 것을. 결국 인간이란 삶이란 그렇게 자신만을 끌고 가는 기나긴 여정이라는 것을. 세상이 두려운 건 절대 사실이지만 그 속에 실패하면서 깨지면서 그러면서 또 살아내다 보면 가끔 재밌는 일도 있다는 것을 말이다.

어느덧 50이라는 숫자를 코앞에 두고 나는 만감이 교차한다. 거리에 젊은 연인들을 보면 지난날 수없이 거리를 쏘다니던 나의 어릴 때 모습들이 떠오른다. 나는 무슨 생각으로 세상을 보았을까. 지금처럼 세상을 조금 더 알았다면 이렇게 용기내서 살지는 못했을 것 같다. 아무것도 몰랐고 진정 순수했기에 세상과 맞닥뜨렸다. 한번 해볼만 하다고. 나는 아직도 세상을 포기하지 않았다. 그리고 세상을 다 알지도 못했다. 아직도 무언가에 도전하고 쉼없이 달려가고 싶다. 그리고 그동안 일만해서 못해본 것 이 너무나도 많다.
나는 끝없이 넓은 세상으로 나가고 싶고 다치고 깨지고 뜯기더라도 세상 사람들과 마주하고 싶다. 나의 모든 것을 보여주고 세상과 소통하고 싶다 살아가면 갈수록 더욱더 간절히 말이다.

내가 직장생활하면서 느낀 것은 절망 속에서도 운이 있다는 것이다. 이제 완전히 끝났다고 모든 것을 버렸을 때도 혹시나 하고 한번 인생을 맡겨보라고 말하고 싶다. 거짓말처럼 또 다른 기회가 오고 약간의 운도 나에게 온다는 것이다.

나는 현재 이 남자 사용법을 멈춘 상태이다. 진짜 세상과 마주하기 위해서다.

진정한 홀로서기!
지금부터가 진짜 내 인생 1막의 시작이니까….

사랑을 채우는 어느 순간들

3

정다예

고양이와 영화, 사진 찍는 걸 좋아하는 평범한 사람입니다. 현재는 대학교 휴학 중입니다. 아빠의 이야기를 쓴다고 하니까 다들 아빠와 제 사이가 각별하다고 생각하는 데 그 정도는 아닙니다. 저도 제 글을 읽는 분들과 같은 그냥 아빠의 자식 중한 명입니다.

행복한 광수씨

프롤로그

사진을 보면 가족여행이 아니면 사진 속에 아빠만
없다.

어릴 적부터 부모님은 치킨 가게를 운영하셨는데,
엄마는 어린 나와 동생과 시간을 보내기 위해 가게에
서 대신 일할 사람을 고용해 일주일에 한 번은 우리
와 함께 보내려고 애를 쓰셨다. 하지만 아빠는 가게에
있지 않으면 안 되었다. 모든 음식 조리과정이 아빠
의 손에 거쳐 가야 했기 때문에, 아빠가 없으면 가게
는 굴러가지 않았다. 그래서 한 달에 한두 번 쉬는 날이 아니면 아빠는 온종일 일이 끝날 때까지 가게에서 벗어나지 못했다. 그래서 어디를 가던 가게 쉬는 날이 아니면 아빠는 함께 가지 못하는 것이 당연했다. 아빠는 항상 괜찮으니까 잘 갔다 오라고 우리에게 말했다. 혼자 가게에 두고 외출을 하는 날에는 놀다가도 아빠가 생각났다.

'지금 아빠는 가게에서 뭘 하고 있을까?'

이 생각이 머릿속에서 떠나질 않았다. 그래서 언젠가는 가게에 있는 아빠의 이야기를 써야겠다고 생각했는데, 지금이 써야 할 때라고 생각했다. 내가 고등학생 때까지만 해도 아빠는 흰머리를 가리기 위해 염색을 했는데, 몇 년 전부터는 자연스러운 것이 좋다면서 염색을 하지 않는다. 그래서 얼굴은 50대 아저씨지만 머리는 할아버지처럼 백발이 되어버렸다.

백발이 된 아빠는 내가 고등학교를 졸업하기 전까지 치킨집을 하다가, 4년 전 육개장 집을 새로 차렸다. 아빠는 남들보다 일찍 백발이 된 것은 할아버지를 닮아서라고 하는데, 나는 아직도 너무 힘들게 일해서라고 생각된다. 이 글은 아빠 하루의 이야기를 쓴 것이다. 매번 반복되는 날 중 하루를. 머리가 하얗게 되어 버리게 만든 하루를. 아빠는 그냥 일했다는 하루를 써 보았다.

아빠의 이야기

새벽 출근 5:30

`

자기 전에 항상 새벽 5시에 일어난다고 마음을 먹는데, 그게 쉬운 일이 아니다. 5시에 맞춘 알람이 울리면 옆에서 자는 아내가 깨지 않게 빨리 알람을 끄고 다시 눕는다. 결국, 조금만이 30분이 지나서야 일어난다. 10분 만에 나갈 준비를 끝내고, 냉장고에서 물을 꺼내 마시고 가족 모두가 자는 조용한 집을 나선다.

4년 전 치킨집을 할 때는 집에 아무도 없는 낮 12시에 일어났는데, 모두가 자는 집이나 아무도 없는 집이나 조용하고 가게에 누구보다 먼저 나가서 준비해야 한다는 점은 차이가 없다. 벌써 여름이어서인지 아침 6시만 되어도 낮처럼 밝다. 가게는 집 바로 앞이다. 걸어서 10분이면 갈 수 있다. 먹자골목이 시작되는 라인에는 코로나로 인해 버티지 못하고 나간 가게도 있고, 24시간 운영을 반으로 줄여 새벽 장사를 하지 않고 불이 꺼져있는 곳도 있다. 남 이야기 같지 않아 쓸쓸하다.

가게 근처 건물들 1층은 대부분 음식점인데, 내가 나오는 시간에는 추어탕 집을 제외하고 어느 가게도 불이 켜져 있지 않다. 탕 집을 하는 사람은 잠을 잘 수 없다는 말이 있는데, 추어탕, 육개장처럼 '탕'이라는 음식은 다른 음식들보다 유난히 안에 들어가는 부재료들을 준비하려면 시간이 오래 걸린다. 그래서 오픈 시간이 11시임에도 새벽 6시에 나올 수밖에 없다.

딸과 아들이 밥을 챙겨주는 고양이 한 마리가 나를 발견하고 울면서 따라온다. 나는 고양이를 별로 좋아하지는 않는데, 매일 아침 찾아온다는 이야기를 들은 아이들이 밥을 꼭 챙겨달라고 해서 내 밥보다 먼저 고양이 밥을 챙겨주는 신세가 되었다. 가게 앞에 놓여 있는 신문을 줍고, 열쇠로 문을 열고, 고양이 밥을 챙겨주면 드디어 출근 완료.

점심 장사 준비 8:00

여름이 되면 더위와 화구의 불 때문에 주방은 불구덩이처럼 더워진다. 거기다가 코로나 때문에 주방 안에서도 마스크를 써야 해서, 안 그래도 더운데 더 더워졌다. 주방은 에어컨을 틀어도 뜨거운 열기가 식지 않아서 틀으나 마나다. 그래서 음식을 준비하기 전에 가게의 모든 창문을 열어둔다.

앞치마를 입고, 왼쪽 팔에 고무장갑을 끼고 제일 먼저 대용량 육수통에 육개장 육수와 설렁탕 육수를 준비한다. 육수를 끓이면서 탕에 들어갈 재료들 준비도 같이한다. 아침에는 주로 숙주 그리고 양지고기와 갈비찜 고기를 삶는다. 대부분의 재료 준비과정이 불을 오래 켜두어야 해서 주방 안은 불가마 사우나처럼 변해 장사하기도 전에 땀으로 옷이 축축해진다. 그래서 육수를 다 끓이고 나서는 꼭 믹스커피를 마시며 당 충전을 해야 한다. 가게 앞 의자에 앉아 커피를 마시고 있으니 앞 가게 주방과 홀 불이 켜진다. 저 가게는 8시에 준비를 시작하는데 아직 육개장 초벌도 만들어 놓지 못해서, 빠르게 커피를 마시고 들어간다.

초벌은 육개장을 1인분씩 계량을 하여 미리 양은 냄비에 만들어서 한 번 데워 놓은 것인데, 이 초벌은 아침에 70~80개를 준비해 둔다. 초벌을 할 때는 아무도 주방에 들어오지 않는다. 그 이유는 10개가 넘는 화구의 불을 한 번에 켜야 하기 때문이다. 그 열기 위로 육개장 재료들이 잘 익도록 젓가락으로 저어주어야 해서, 불의 엄청난 열기로 내 팔은 옷 소매를 경계로 검게 익었다. 초벌의 수는 내가 육개장을 팔고 싶은 개수+오늘 육개장이 팔릴 개수를 짐작하여 지금은 70~80개 정도를 만들어 놓고 있지만 앞으로 조금씩

늘려가고 싶다.

　여름은 조금만 시간이 지나면 음식이 상하기 때문에 매일 장을 봐야 한다. 그래서 매일 아침 주방 아주머니와 아내가 가게에 나오면 신선한 재료를 사기 위해 시장에 간다. 시장에서 장을 보고와도 일은 끝이 보이지 않는다. 사 온 물건을 창고에 정리하고, 음식 재료들을 손질하고 끝이 없다. 사실 하루 종일 장사를 할 준비를 한다고 해도 틀린 말이 아니다. 물건들을 겨우 정리하고 아내가 틀어놓은 에어컨 바람을 쐬며, 아침을 먹으려고 하자 문 열리는 소리가 들린다. 3명 모두가 밥을 먹다 말고 "어서 오세요!"라고 말하며 급히 일어난다.

점심 장사 12:00

아들이 가게에 서빙 아르바이트를 하러 온 것을 보면 12시가 된 것이다. 그러면 그때부터 본격적인 장사의 시작이다. 결국, 아침을 제대로 먹지 못하고 점심 장사를 시작한다. 계속해서 주문표가 줄줄이 계속 나온다. 오늘 점심 장사는 바쁠 것 같다.

우리 가게는 육개장, 육개장 칼국수, 육개장 만둣국, 우거지 육개장, 설렁탕, 사골만둣국 이렇게 식사 메뉴가 5개인데, 특히 육개장 이름이 들어간 메뉴들은 이름이 비슷해서 주문이 밀리면 헷갈린다. 그리고 점심에는 주방 일을 혼자 해야 해서 주문이 들어오면 주문표를 확인하고 음식을 만들고, 그릇에 담는 것까지 해야하는데 바쁠 때 갈비찜 주문까지 들어오면 결국 서빙을 하는 아내에게 SOS보낸다.

"잠깐 들어와 줘." 이 한마디에 아내는 익숙하게 주방에 들어와 나를 도와준다.

모든 음식이 나가고, 더 이상 주문이 들어오지 않으면 나는 접어두었던 의자를 펴고 앉아 핸드폰으로 웹툰을 본다. 원래는 웹툰에 관심이 없었는데, 애들이 핸드폰으로 만화를 보는 것을 보고 한두 개씩 보기 시작해서 이제는 하루에 8개 정도의 웹툰을 챙겨본다. 핸드폰을 보는 시간이 부쩍 많아지자 아내가 요즘 핸드폰을 너무 많이 보는 것 같다며 은근히 눈치를 준다. 아니라고 말하려는 순간 문이 열린다. "어서 오세요."라고 말하며 아내가 주문을 받으러 간다.

아들이 앞치마를 벗고, 퇴근할 준비를 하는 걸 보니 벌써 2시가 다 되었나 보다. 아들에게 잘 들어가라고 인사를 하기 위해 주방에서 나왔다. 딸과 아들이

번갈아 가면서 일을 하는데 누가 언제 나오는지 헷갈려 "오늘 저녁은 누가 나오냐?"라고 아들에게 물어보는 순간 "육개장 하나요."라고 말하며 손님이 들어온다. 주방으로 들어가 육개장을 끓이고, 다시 나오니 아들은 없고 아내가 아들은 나에게 인사를 하고 이미 집에 갔다고 한다. 주방 안은 소음이 심해서 밖에서 말하는 소리가 잘 들리지 않아 갔는지도 몰랐다. 딸과 아들이 인사하는 것을 듣지 못하는 경우가 많아 미안하다.

가게에서는 일 때문에 대화가 중간에 자주 끊기는데, 나중에는 어떤 이야기를 했는지 기억도 나지 않는 경우가 많다. 그래서 대화가 끊기고 다시 시작하면 아까 그 말 했었잖아. 라며 상대방이 답답해하는데, 나도 많이 답답하다. 하지만 어쩔 수 없다. 결국, 이야기를 처음부터 다시 시작한다.

점심 식사 16:00

가게에서 일어나는 징크스가 있는데, 그것은 바로 라면을 끓이는 것이다. 라면을 먹으려고 팔팔 끓는 물에 면을 딱 넣으며 신기하게도 손님이 온다. 면을 넣기 전에 오면 정말 좋으련만. 꼭 면을 냄비에 넣을 때면 한 명이라도 손님이 온다. 그러면 나와 아내는 점심으로 떵떵 불은 라면을 먹을 수밖에 없다. 정말 한가할 때는 우리끼리 장난으로 "안 되겠다. 물 올려!"라고 말한다.

그 징크스를 알고 있음에도 불구하고 오늘 점심으로 비빔라면을 메뉴로 정했다. 비빔라면 면을 보글보

글 끓는 물에 넣는 순간 나도 모르게 자동으로 가게 입구를 보았다. 비빔라면이라서 그런가? 손님은 오지 않았다. 차가운 물에 헹군 쫄깃한 면에 빨간 소스를 넣고 손으로 비비고 그 위에 깨를 뿌려, 직접 만든 김 자반까지 얹어서 한입 먹으려고 하니 딸랑하고 문 열리는 소리가 들려왔다. 밥을 먹다 말고 일어나서 각자 주방과 홀로 가는데 나와 아내는 눈이 마주치고, 손님 몰래 작게 웃음을 터트렸다.

나는 육개장을 끓이며 생각했다. 언제쯤이면 가게에서 불은면을 먹지 않을 수 있을까.

저녁 장사 준비 18:00

여름은 사람을 금방 지치게 만든다. 주방에서 더위와 화구의 열기를 온몸으로 맞다 보면 땀을 많이 흘려서 다른 때보다 쉽게 피곤해진다. 하지만 피곤하다고 계속 처져 있으면 더 일하기 힘들어져 영양제와 비타민을 먹고 저녁 장사를 하기 위해 재료들을 준비한다. 점심에 육개장이 팔린 수만큼 다시 초벌을 만들어 놓고, 떨어진 밑반찬 어묵을 큰 팬에 볶고, 버섯을 손질하고, 칼국수 면을 삶고, 육개장에 들어가는 양지고기도 찢고 갈비찜에 들어가는 재료들까지 끝이 없다. 오늘은 점심에 바빠 재료가 많이 떨어져서 그런가 보다.

준비를 마치고 나서 또 커피를 마시며 의자에 앉아있으면, 딸이 가게로 출근하는 모습이 보인다. 벌써, 6시인가 보다. 나는 딸에게 손을 흔들며 인사를 하고 같이 가게에 들어간다.

퇴근 22:00

홀에 있는 테이블의 의자들을 아내와 같이 올리고 주방으로 들어와 청소를 시작한다. 남아있던 설거지들을 마무리하고 매일 사용하는 조리 식기와 아침에 육수를 끓인 대용량 육수 솥을 씻는다. 그리고 파절기 내부에 있는 날을 청소하고, 화구의 상판과 하판을 닦은 다음에 짬통을 비우러 나간다.

그때 "벌써 10시네."라고 말하며 아내는 배달앱에서 배달을 내린다. 나는 전자과를 나왔지만, 앱이라던가 포스기라던가 그런 거는 잘하지 못한다. 그래서 가게 배달앱 관리와 매출 마감은 모두 아내가 맡아서 한다. 먼저 청소가 끝난 아내는 포스기에 매출을 입력하고 오늘의 매출이 길게 프린트되어 나오면 영수증을 정리하고 매출을 기록한다.

청소를 다 하고 난 뒤에는 내일 장사할 준비를 미리 한다. 냉동된 고기는 해동을 위해 밖에 내놓고, 재료들을 모두 확인한 뒤에 부족한 재료는 업체에 문자를 보내고 시장에서 사야 할 것들은 종이에 적어서 매일 가지고 다니는 가방에 넣는다. 요즘에는 바로바로 하지 않으면 깜박해서 생각났을 때 재료들을 주문하고, 적어둔다. 저번에는 사와야 할 것 중에 하나를 빼먹어서 시장에 다시 갔다 와야 했었다. 그 이후에는 장을 다 본 후에 적어둔 목록을 다시 확인한다.

주방에서 나와 신발을 갈아신으며 시계를 보았다. 벌써 10시 40분이다. 매장에 불을 끄고, 어닝을 접고, '어서 오세요.'가 크게 적힌 발 매트를 가게 안으로 밀어 넣는다. 그리고 문을 잠근다.

야식 23:00

늦은 밤에 먹는 야식이 몸에 좋지 않은 걸 모르지 않지만, 유일하게 편하게 밥을 먹을 수 있는 시간은 이때뿐이다. 그리고 야식을 먹지 못하면 너무 배고파서 자지 못해 꼭 먹어야 한다. 메뉴는 배달음식과 편의점 음식 중 퇴근한 시간에 따라 고른다. 가게 일이 일찍 끝나면 배달음식을 시키는데, 오늘처럼 늦게 끝나면 고민할 것도 없이 편의점 행이다. 가게 근처에 있는 편의점에 들어가 라면을 고르고 김밥을 고르다가 애들이 생각나서 아내에게 말한다. "애들도 먹을 건지 물어볼까?"

한가득 편의점에서 산 음식을 들고 집으로 걸어간다. 계단을 올라가는 소리를 듣고 아들이 문을 연다. 저녁을 못 먹은 아들이 내가 반가운 것인지 음식이 반가운 것인지 모를 인사를 한다. 그러면 나는 아들에게 봉지를 건네며 인사를 하고 바로 샤워를 하러 화장실로 향한다. 바로 음식을 먹고 싶지만 하루 종일 땀을 흘려서 먼저 씻지 않을 수 없다.

샤워를 다 하고 나오면 아까 사 온 편의점 음식들이 데워져 있다. 냉장고에서 어제 먹다가 남은 소주를 꺼내 자리에 앉으면 모두 "또 마셔?"라고 말한다. 술을 마시지 않으면 잠이 안 와~라고 말하며 나는 은근슬쩍 술잔에 술을 가득 따른다. 야식을 먹으면서 가족들과 이야기를 하다 보면 시간은 빠르게 간다.

음식을 다 먹고 거실에 앉아있으면 나도 모르게 눈꺼풀이 감긴다. 음식을 먹고 2시간 뒤에 자야 위에 무리가 없다는 건강검진 때 들었던 의사의 말이 생각나지 않을 만큼 졸음이 몰려오면 나는 결국 일어나서 안방으로 간다.

난 간다 24:00

"난 간다." 라고 가족에게 말하며 안방으로 가 침대에 눕는다. 아이구 아이구 소리가 절로 난다. 누워서 시간을 확인해보니 벌써 12시가 넘었다.

막상 자려니 하루가 끝나는 게 아쉬워 머리맡에 둔 책을 펼친다. 가족에게 1월인 생일에 받은 책인데 7월인 아직도 앞부분까지 밖에 읽지 못했다. 스탠드 불을 켜고, 침대 헤드에 몸을 기대어 책을 읽는다. 하지만 5분도 지나지 않아 졸기 시작한다. 결국, 불을 끄고 제대로 누워 눈을 감는다. 아이들과 아내가 이야기하는 소리가 희미하게 들린다. 그리고 잠들며 생각한다.

'아 내일은 꼭 5시에 일어나야지. '

딸의 이야기

매일 들리는 알람 소리

내 방과 안방은 거리가 가깝다. 그래서 항상 새벽 5시에 아빠 알람 소리가 들린다. 알람은 꺼졌는데 일어나는 소리가 들리지 않는다. 분명 자기 전에 항상 새벽 5시에 일어날 거라고 이야기하는데, 알람을 끄고 다시 잔다. 결국, 시간이 꽤 지나서야 화장실로 걸어가는 발소리가 들린다.

샤워기에서 나오는 물소리, 옷 갈아입는 소리, 냉장고 문을 열고 물을 마시는 소리, 그리고 문을 닫는 소리가 마지막으로 들리면 나는 '아빠가 출근했구나.' 라고 생각하며 다시 잔다.

왼쪽 고무장갑

아빠는 재료 준비를 하면서, 항상 왼쪽 손에만 고무장갑을 낀다. 1~2달에 한 번은 마트에 가서 왼손 고무장갑을 여러 개 사야 할 정도로 자주 낀다.

아빠는 양팔에 큰 흉터가 있는데, 왼손은 손목에 흉터가 자리 잡고 있다. 치킨집을 하기 전 다녔던 회사에서 손목이 거의 잘릴 정도로 큰 사고가 있었다. 내가 엄마 배 속에 있을 때라고 한다. 수술로 다행히 손목을 잃지 않았지만 오랜 병원 생활을 해야 했고, 다시 붙인 손목은 예전 같을 수 없다. 왼쪽 손목이 힘이 잘 들어가지 않아 무거운 물건을 들 때 미끄러지지 않도록 그 손에만 고무장갑을 끼는 것을 나는 지금에서야 알게 되었다.

커피 머신

이번 결혼기념일에 나와 동생은 캡슐 커피머신을 부모님에게 선물해 주었다. 가게에서 엄마와 아빠는 믹스커피를 매일 마시는데, 그래도 캡슐 커피가 더 몸에 좋겠지? 라고 생각하며 고른 선물이었다. 그리고 가게에서 온종일 생활하는데 기분전환이 될 것으로 생각했다.

최근 인기가 많은 드라마에 PPL로 나온 커피 머신은 결혼 기념이 1달 전에 주문했는데도 불구하고, 1주일이 더 지나서야 도착했다. 처음에는 아빠도 신기한지 커피 머신을 사용했는데, 시간이 지나자 다시 믹스커피를 마시기 시작했다. 내가 슬쩍 아빠에게 왜 커피 머신을 잘 안 사용하냐고 물어보니 그다음부터는 반반씩 마시는 모습을 보았다. 아빠는 믹스커피가 더 좋은가보다.

바깥 공기

예전에 해외에서 작은 한식당가게를 운영하는 과정을 담은 예능을 잠깐 본 적이 있다. 그 프로그램은 채널을 돌리다가 우연히 보게 되었다. 주방을 담당하는 2명이 점심 장사를 끝내고 가게 앞 외부 테이블에 앉아서 쉬는 장면에서 그들 중 한 명이 이런 말을 했다. "주방에서 나와 바로 가게 앞에 앉아있을 뿐인데 너무 시원하다." 아빠도 가게 앞에서 커피를 마시고 담배를 피우며 똑같은 말을 한다. "시원하다."

주방에 잠깐만 들어가도 답답하다. 왠지는 알 수 없는데, 아빠는 주방일이 끝이 없어서라고 한다.

녹음 파일-2020.7.15

막상 아빠의 하루를 쓰려고 하니까. 나는 아빠의
하루를 잘 몰랐다. 동생과 번갈아 가며 일주일에 3번
은 가게에서 아르바이트를 하고 있어, 그때 본 것만으
로도 충분히 쓸 수 있다고 생각했는데. 나의 오산이었
다. 이렇게는 안 되겠다 싶어 나는 아빠에게 미리 양
해를 구하고 온종일을 가게에서 보냈다. 새벽에 같이
출근해서 같이 청소하며 퇴근까지 함께 했다. 그래서
아빠의 시점으로 자세하게 글을 쓸 수 있었다.

아빠가 무슨 다큐멘터리의 주인공인 것처럼 뒤를
졸졸 쫓아다니며 기록하고, 질문했다. 관찰은 하루면
끝났지만, 질문은 준비한 것 말고도 생각나는 것이 생
길 때마다 했다. 출근하고 나서 잠자기 전까지 질문했
던 나에게 귀찮은 내색 없이 질문에 대한 답을 해준
아빠에게 감사합니다. 나는 잊어버리지 않기 위해 질
문을 하면서 핸드폰에 녹음했는데, 지금 다시 들어보

니까 내가 했던 이 질문의 답은 잊히지 않을 것 같다.

나

"가족들이 외출하고 혼자 하루 종일 가게에서 일했었던 적이 있는데, 그때 솔직히 어땠어요? "

아빠

"그날도 평소랑 똑같이 할 일을 했지. 가족이 외출했어도 내가 일하는 날에 일하는 건 당연한 거니까. 그때도 지금도 일하면서 힘들다고 생각한 적은 있지만. 그런 것 때문에 나는 내가 불행하다고 생각한 적 한 번도 없어. 나는 내 삶이 행복해 "

나를 채우는 어느 순간들

4

헉자

그냥 놀기 좋아하는 선생님입니다. 매일 뭐하고 놀지 고민하다가 취미 부자가 되었습니다. 취미 중 가장 비중이 높아진 놀이, 경제, 글쓰기를 결합해 책을 한 권 쓰려고 구상 중입니다.

놀 줄 아는 선생님의
비공개 교사일지

그냥 나이고 싶은 어떤 순간

커다란 통나무 보드 위 울려 퍼지는 클럽 음악과 이국적인 야자수 풍경, 파랗게 뻥 뚫린 하늘, 맑은 호수, 그리고 즐겁게 웃고 마시고 춤추고 떠드는 다양한 국적의 사람들.

내 생각에 나는 평소 엄청 잘 노는 스타일은 절대 아니다. 그러나 라오스 방비엥의 남늠호수 한가운데, 여행지 핫플레이스 특유의 개방적인 분위기와 칵테일 몇 잔의 힘으로 나는 내 안에 남아있는 마지막 소심함까지 털어버리고 세상 유쾌한 사람이 되었다. 그리고 처음 보는 사람들과 신나게 어울리며 그 순간을 진심으로 만끽하고 있었다.

정박해 놓은 보트 바로 옆에서 패들보드도 타고 물놀이도 하다가 쉬는 사람들끼리 다시 한잔하면서 이야기를 나누는 참이었다. 같은 나라에서 왔다는 동질감 하나로 순식간에 친해진 갓 대학생이 된 친구가 나에게 물었다.

"형. 그런데 형은 한국에서 무슨 일 해?"

그 말을 듣는 순간 당황한 나는 끝 모르고 치솟고 있던 텐션에 자체 리미트가 살짝 걸렸다.

"웅? 나? 음 나는 그냥 회사 다니지."

"그래? 아까 같이 놀던 춤 잘 추는 한국인 누나도 그냥 직장인이라고 그러더라."

나는 여행지에서 내가 무슨 일을 하는지 나이가 몇인지 말하기 싫을 때가 많다. 특히 이렇게 즐겁게 새로운 사람들과 어울리는 순간에는 더 그렇다. 물론 뭐 대단한 일 한다고 그걸 숨기냐고 하는 사람도 있다. 하지만 '직장인'처럼 포괄적인 말에는 익명성이 어느 정도 보장되는 느낌이 있지만 '선생님'처럼 구체적인 말은 그렇지 않다. 나라는 한 인간이 어떤 한 단어에 규정되어 지는 느낌이다. 솔직히 나 또한 누군가 선생님이라고 하면 바로 나도 모르는 새 어느 정도 고정관념을 가지고 그 사람을 보게 되는 경우가 많기에 더 그렇다.

어쨌든 즐거운 보트 파티가 끝나고 친해진 몇몇 사람들과 저녁 식사도 하고 술도 한잔 더 하면서 재미있는 사실을 알게 됐다. 아까 그냥 직장인이라고 했던 그 열정적으로 춤추던 그 친구 또한 놀랍게도 교사였다. 심지어 초등학교 선생님! 모두가 놀랐고 나도 의외라고 생각했지만, 그것 또한 편견이었다. 잊고 있었는데 생각해보면 분명 교대 댄스 동아리에도 저렇게 멋진 친구들이 많이 있었다.

단순히 어떤 사람을 단편적으로 이해하고 한 단어로 규정짓기에 직업은 참 편리하다. 그리고 그 '규정짓기'는 편리하게 다른 사람을 이해하는 데 도움을 주기도 하지만 부작용도 만만치 않다. 단순히 고정관념이 생긴다는 정도의 문제가 아니다. 사회에서 어떤 직업을 바라보는 시선이 있고 그 직업에 맞는 행동을 은연중 요구한다. 그리고 그 요구에서 자유롭기는 쉽지 않다. 그 때문에 직업이 공개되는 순간 나도 모르게 어느 정도 그 규정짓기에 순응하게 되는 경우가 많다. 그리고 그게 익숙해지면 어느새 평상시 생활에서조차 점차 그 규정에 나를 맞추게 된다.

다음 날, 카약도 같이 타고 물놀이도 같이하며 보트 파티 친구들과는 완전 일행이 됐다. 처음 지나가듯 물어봤을 때와는 다르게 많이 친해진 상황에서 자연스럽게 이야기가 나와 나도 사실 교사라고 말했다. 왜 어제 말 안 했는지 황당해하는 반응도 있고 완전 자유로운 영혼이라고 생각했는데 갑자기 엄청 다르게 보인다고 하는 친구들도 있었다. 역시 말하지 말걸 그랬나란 생각도 들었지만, 말을 안 했으면 안 했지 이 상황에서 굳이 속이는 것은 더 이상했다. 그렇게 함께 그날 밤도 즐겁게 함께 달렸지만 그 전과는 뭔가 달랐다. 그러지 않으려 해도 나도 모르게 교사로서의 자아가 순간순간 등장했다. 어쩌면 다른 사람은 별생각 없는데 자신을 스스로 규정짓고 있는 내가 오히려 문제일 수 있다는 생각이 들었다.

솔직히 말하면 내 정체성에서 선생님이라는 직업이 큰 부분을 차지하고 있다는 것은 인정할 수밖에 없다. 그러나 직업이란 색은 채도가 너무 강하다. 교사라는 색에 나만의 개성이라는 고유하고 소중한 색이 옅어지거나 완전히 섞여버리는 것은 싫다. 요즘 본업과 관계없는 자기 계발에 열을 올리고 있다. 경제금융 연구회 활동에 참여하고 여가 시간에는 배드민턴, 글쓰기 모임을 꾸준히 하고 있다. 이 모두 그냥 내가 하고 싶어서, 즐거워서 하는 것들이지만 어떻게 보면 내 고유색을 더 강렬하게 하기 위한 노력의 일환일 수 있다는 생각이 든다. 특히 이 책을 쓰고 있는 순간에는 오롯이 '나'에게만 집중할 수 있어서 좋다. 인생을 채우는 어떤 순간들을 떠올리며 그동안 잊고 있었던 나만의 색들을 다시 재발견하면서 새로운 기쁨과 깨달음도 얻을 수 있었다. 나라는 다채로운 스펙트럼을 구성하는 일부분으로써 직업도 내 소중한 색깔 중 하나라고 생각을 바꾸니 마음이 더 편해졌다.

　아직도 그냥 나이고 싶은 어떤 순간들이 있다. 카페에 홀로 앉아 오직 나에게 집중하며 글을 쓰고 있는 지금이 바로 그런 순간이다.

자신의 불행이 소중한 어떤 순간

시민들에게 경기가 어떻냐고 물어보면 대부분 항상 너무 힘들다고 한다. 역사상 체감 경기가 좋을 때는 한 번도 없었다. 원래 사람은 불행을 더 크게 받아들이기 때문일까? 사람들은 자신의 힘듦은 쉽게 이야기한다. 힘들고 불행하다는 사람이 너무나 많기에 실제로 안 힘들어도 무조건 힘들다고 말하는 것이 미덕인 것처럼 느껴진다. 어떻게 보면 우린 불행이 강요되는 사회에 살고 있다.

오랜만에 동창들을 만났다. 정말 친한 사이는 아니

지만 1~2년에 한 번씩 각종 경조사 등 이런저런 이유로 만나는 친구들. 안부 인사에 이어 소주 한잔에 사는 이야기, 일 이야기가 오고 간다. 다니는 회사가 전망이 없어 잘리기 전에 그만두고 다른 일 알아봐야 본다는 친구, 아직 대학원에서 인공지능 공부 중이라는 친구, 요즘 승진 때문에 영어 공부한다는 친구까지…. 처음의 밝은 분위기일 때와는 다르게 점차 이야기가 무거워지자 나는 말을 아낀다. 경험상 각자의 신세 한탄들이 나오기 시작하면 적당히 한 발 빼는 편이 좋다.

그렇게 어느새인가 각자 힘듦을 토로하는 불행 배틀이 시작된다. 모두 행복한 사람이 되고 싶다고 생각하지만 어떤 순간에는 자신의 불행이 소중해진다. 내가 더 힘들고 더 불행하다고 외치기 시작한다. 한 명의 말이 끝나기 무섭게 '너는 그래도 양반이지'라며 바로 더 강한 불행이 등장한다. 불행을 내세우다가 힘이 달리면 다른 사람의 행복을 공격하기도 한다. 나는 '왜 행복 배틀은 없을까'란 생각을 하며 그 치열한 전

투에 휘말리지 않도록 중립을 지킨다, 학창 시절 나와 성적은 비슷했지만 다른 길을 택했던 친구가 새로운 공격 타깃을 찾다가 갑자기 나를 보며 말을 꺼낸다.

"야 솔직히 네가 제일 부럽다. 교사는 진짜 꿀 아니냐? 과장 눈치 보여서 저번 주에도 내내 야근하고 경쟁도 치열하고 진짜 죽겠다. 나도 교대나 들어갈걸 그랬어"

"그러게 아쉽네. 선택 잘하지 그랬냐. 지금도 늦지는 않은 것 같은데…… 당장 내일부터 수능 공부 시작하자. 파이팅!"

장난처럼 받아넘겼지만 저런 말을 들을 때면 기분이 썩 좋진 않다. 물론 하고 싶은 말은 많다. 하지만 그냥 넣어둔다. 어차피 그들이 느끼기에 자신의 소중한 불행에 비하면 내 불행은 아무것도 아니다. 한 발 빠져서 잘난 듯 친구에게 쿨하게 말하지만 나도 내 힘듦을 토로하고 싶은 순간이 있다. 그러나 내가 회사원들 애환을 들어도 진심으로 공감하기 힘들듯이 다른 사람들도 내 이야기에 겉으로만 끄덕이지 않을까 두려

움이 있다. 그래서 정말 경청할 준비가 되어있는 사람이 아닌 이상 절대 구구절절 내 이야기를 하지 않는다.

사실 친구들 말대로 교사는 꿀이라고도 볼 수 있다. 야근할 일도 거의 없고 서로 치열할 일도 없다. 뚜렷한 성과가 없어도 열심히 하지 않아도 크게 사고 치지만 않으면 정년이 보장된다. 그러나 결코 이게 마냥 좋다고 생각하지 않는다. 불행은 지극히 주관적인 감정이다. 배부른 소리 하지 말라고 할 수 있지만 오히려 이런 점들로 불행할 수 있다. 난 적당한 불만족을 원하고 적당한 경쟁을 원한다. 나처럼 성취 지향적인 사람들은 열심히 노력해서 무엇인가 성취할 수 있을 때 살아있음을 느끼고 자신의 능력을 끌어낼 수 있다. 요즘 교대는 학창 시절 1, 2등을 다투던 경쟁에 익숙한 친구들이 많이 들어온다. 하지만 중간, 기말시험도 폐지된 초등학교란 공간에서 성과를 측정하기란 불가능에 가깝다. 남들보다 수업을 잘하는지, 각종 보직에 따른 업무를 잘 처리했는지, 아이들을 문제없이 잘 지도 하는지는 객관적인 결과로 나타나지 않는다. 내가 아무리 열심히 학급경영을 하고 수업을 잘해도 인센티브는 전혀 없다. 동기 중에 학교를 위해 헌신하는 엄청난 참교사가 한 명 있다. 매일 내일의 수업을 위해 야근하고 아이들을 위한 고민으로 밤을 새우고, 극성 학부모한테 시달리면서도 피나는 노력으로 수업 대회에서 상도 받았다. 그래도 매일 애들이랑 놀고 오는 나와 월급은 같다. 같은 호봉에 같은 직급이고 똑같이 박봉에 시달린다. 내 노력과 상관없이 단지 근무연수가 늘어야만 호봉이 오른다. 이러한 비경쟁적인 환경에서 시간이 흐르며 느는 건 일 쉽게 대충 처리하기 스킬 뿐이다. 누구보다 반짝이던 능력 있는 교사들도 시간이 지나면서 어느새 그 빛이 흐려지고 이 시스템에 적응하는 안타까운 모습을 보며 내 불만은 계속 쌓여만 간다.

친하게 지냈던 형이 스발바르에 갔던 이야기를 해준 적이 있다. 노르웨이 스발바르 제도에서는 백야현상을 경험할 수 있다. 처음엔 하루 종일 해가 지지 않아 신기했는데 나중엔 제대로 잠도 못 자고 신체리듬이 깨져 고생했다고 한다. 어두움이 있어야 밝음도 있고 어둠도 빛만큼 소중하다. 불행도 마찬가지라고 생각한다. 내가 아무리 학교생활에서 힘들고 불만스러운 점을 더 이야기해도 고작 그것밖에 안 되냐고 코웃음 치는 사람이 있을 것이다. 그래도 사실 큰 상관은 없다. 불행 배틀에 참가하고 싶은 생각이 전혀 없기 때문이다. 내게 불행이 소중한 이유는 내 행복을 위한 좋은 양분이 될 수 있어서이다. 학교에서 느끼는 불만족 덕분에 지금 학교생활과는 상관없이 또 다른 꿈을 꾸고 있다. 성취에 대한 불만족으로 노력하면 성과를 낼 수 있는 결과물을 만들고 싶었다. 그래서 많은 사람에게 실제로 도움이 되는 책을 쓰고 싶다는 목표가 생겼고 그 꿈을 위해 글쓰기 모임을 꾸준히 가지고 있다. 그리고 경제적인 불만족으로 재테크 공부를 몇 년간 꾸준하게 해서 결국 나름대로 성과를 내고 있다. 그 밖에도 여러 가지 불만족인 부분을 원동력으로 삼아 나아가면서 그 과정에서 살아있음을 느끼고 행복을 찾아가고 있다.

얼마 전 스발바르 이야기를 해줬던 형을 만났다. 여행을 좋아하고 자기관리를 잘하는 모습이 멋졌던 형은 어느새 배 나온 아저씨가 되어있었다. 결혼하고 자기관리 필요성을 못 느껴서 요즘 운동도 안 하고 매일 와이프랑 야식에 맥주 한잔하다 보니 이렇게 됐다고 멋쩍게 말하는 모습을 보며 한 긍정심리학 실험 결과가 떠올랐다. 한 장기 리서치에서 80~100 정도로 행복하다고 응답한 사람은 결국 사회적 성취도나 다른 부분들에 문제가 생겨 결국 급격히 행복도가 떨어졌다. 그러나 70~80 정도로 행복하다고 응답한 사람들은 오히려 그 불만족한 부분 덕분에 장기적으로 행복도를 계속 높게 유지할 수 있었다는 내용이었다.

어떤 순간이 있다. 행복으로 나아가기 위해서 내 불행이 소중하게 느껴지는 순간. 그리고 불행함을 은근히 강요하는 사회에서 '난 행복하다'고 당당히 말하는 재수 없는 사람이 되고 싶은 순간.

선생 하기 싫은 어떤 순간

<그래도 학교에 가야 하는 이유>

정현이는 금방이라도 눈물을 흘릴 것 같은 표정으로 엄마에게 말했다.

"엄마…… 나 학교 가기 싫어. 나 너무 무섭다고! 수업 시간에 숨도 잘 못 쉬겠단 말이야. 게다가 선생님이 안 보면 마스크 똑바로 안 쓰는 애들도 많고 서로 막 붙어 다니고 내 물건도 막 만진단 말이야!"

엄마는 안쓰러운 표정을 지으며 말했다.

"그래도 등교는 일주일에 두 번만 한다면서…… 힘들어도 조금만 참아보자"

"쉬는 시간에 애들이 선생님 말 안 듣고 막 마스크 벗고 다닌단 말이야. 그리고 나도 온종일 마스크 쓰는 게 너무 힘들어. 엄마, 나 학교 안 가면 안돼? 나 만약에 잘못되면 엄마랑 아빠도 동생도 다 위험 하단 말이야…… 엉엉"

결국 울음을 터뜨린 정현이에게 아빠가 한숨을 내쉬며 조용히 말했다.

"그래도 학교는 나가야지. 넌 교사잖아……. 우리나라에서 교사는 재난 보호 대상이 아니란 걸 왜 자꾸 까먹니……."

코로나19로 인한 방역 대책으로 골머리 썩으며 대화하던 중 옆 반 선생님이 알려준 유머를 기억나는 대로 재구성해봤다. 웃기기도 했지만 격하게 공감되어서 기억에 남는다. 교사 생활을 이제 6년 차, 그렇게 길진 않지만 나름대로 여러 일들을 겪으며 이제 웬만한 일에는 적응되었다고 생각한다. 하지만 아직 가끔 '아…, 진짜 못 해 먹겠다' 생각이 드는 어떤 순간이 있다.

대부분 힘들겠지만 나 역시 최근 코로나19로 새로운 유형의 힘든 순간을 겪는 중이다. 처음에는 개학이 연기되어서 아무 생각 없이 좋았다. 그러나 아이들은 코로나가 위험해서 학교에 오면 안 되지만 역시 교사는 아니었다. 천재지변 상황 발생 시 아이들은 위험하니까 학교에 오면 안 된다. 너무나도 당연한 이야기다. 그러나 교사는 태풍이 불든 눈보라가 몰아치든 모든 것을 뚫고 학교에 꼭 가야 한다. 이미 과거 경험으로 어느 정도 예상했지만 씁쓸했다. 전 세계적으로 락다운이 걸리고 회사 다니는 친구들도 재택근무를 하는 상황에서도, 교내 집단 감염 우려로 아이들이 학교에 나오지 않아도 어쨌든 교사는 출근을 해야만 한다.

솔직히 출근 안 해도 될 것 같은데 위험할 때 군이 오라고 해서 불평인 것도 맞다. 하지만 정말 스트레스 받는 부분은 교사는 항상 슈퍼맨, 원더우먼이어야 함을 강요받는다는 것이다. 코로나 초기에는 나도 감염 걱정으로 집 밖으로 나가기 무서웠다. 그러나 마스크도 구하기 어렵고 학교에선 교사 관련 방역 대책도 없는 판에 출근은 계속해야 한다. 일단 간신히 마스크를 구해서 학교에 나오니 갑자기 온라인으로 수업을 하라고 한다. 한 번도 해 본 적 없는 사람이 대부분이다. 심지어 나이 많고 인터넷과 안 친한 선생님들도 많이 계신다. 수많은 시행착오를 거치며 어떻게든 온라인 학급방을 구성하고 줌 사용법도 배우고 동영상 콘텐츠까지 만든다. 간신히 콘텐츠 올리고 아이들 접속하라고 하니 서버가 다운된다. 서버 문제뿐만 아니라 아이들이 기기를 못 다루거나 집에 컴퓨터가 부족하거나 자기 스마트 폰이 없는 경우도 많다. 이렇게 외부적인 요인까지 해결할 일이 태산이다. 학교 보유 태블릿을 대여해주고 다양한 노력으로 문제들을 해결해 보려 해도 결국은 학부모와 아이들을 만족시키기는 불가능하다. 온라인 수업 질이 떨어진다고, 맞벌이 부부가 어떻게 저학년 온라인 수업시키냐고 다양한 이유로 각종 민원은 쏟아진다. 자기들도 해결하기 어려우니 교육부 놈들은 갑자기 학교의 자율성을 강조하면서 책임을 우리에게 떠민다. 이 상황과 관련된 모든 것이 우리도 처음이지만 모든 것을 해결해야 한다.

우여곡절 끝에 온라인 개학 상황이 익숙해진다. 이 정도면 올해는 쭉 온라인으로만 가도 괜찮겠다고 느껴질 때쯤 드디어 올 것이 왔다. 애들을 특별히 좋아하지 않는 이상 한두 명의 아이를 돌보기도 쉽지 않다. 코로나19 사태가 아니더라도 서른 명이 넘는 아이들과 반나절 이상 함께 하면서 모든 것을 책임지고 케어하는 것은 정말 보통 일이 아니다. 더는 미룰 수 없다는 교육부의 발표와 함께 이제 주 2회 아이들이 학교에 나오게 됐다. 물론 아이들을 빨리 보고 싶다는 마음도 조금은 있었다. 하지만 막상 등교 수업을 시작하려니 생각보다 훨씬 문제가 심각했다. 초유의 사태였기 때문에 교육부에서 아무리 방역 대책을 꼼꼼히 세운다고 해도 빈틈이 있을 수밖에 없었다. 매뉴얼은 내려왔지만 막상 학교에서는 매일 수 많은 돌발상황이 생긴다. 교사의 순간적인 판단으로 처리해야 하는 일들이 하루에도 몇 번씩 발생할 수 밖에 없다. 물론 자의대로 판단해서 혹시라도 문제가 생기면 교사는 책임을 피하기 어렵다. 한두 명도 아니고 수십 명의 아이들과 6교시 내내 함께 있으면서 수업은 물론 방역도 온전히 교사의 몫이다. 말도 안 되는 것 같지만 역시 당연하게 해내야 한다.

등교 수업 시작 한지 이 주차, 오늘도 아이들 등교일이다. 출근을 빨리해야 하지만 피로가 쌓여서 아침부터 컨디션이 별로다. 겨우 학교에 도착해서 학부모들이 오늘 날짜 자가진단입력을 제대로 했는지 확인하고 재촉 문자를 보낸다. 학생들이 한 명, 한 명 도착할 때마다 소독을 하고 열을 체크한다. 아직 익숙하지 않은 각종 방역관리, 안전관리를 하면서 학생 등교 일에만 할 수 있는 수행평가 등 각종 활동을 바쁘게 진행한다. 몸이 두 개여도 부족할 것 같다. 화장실 갈 틈도 없이 정신없이 일하다 보니 어느새 공식적인 일과가 다 끝났다. 초임 때 장난으로 웃어넘겼던 교사생활 하면 직업병으로 방광염, 성대결절 한 번씩은 기본으로 걸린다던 그 말이 현실로 다가왔다. 그리고 등교 개학을 하고부터 너무 챙길 것들이 많아서인지 매일 놓치는 일이 꼭 하나씩 생긴다. 어쨌든 아이들도 이미집에 갔으니 일단 겨우 한숨 돌린다. 아무 대책도 없는 교육부 놈들을 속으로 욕하며 곧바로 혼자 남은 교실에서 내일 애들이 들어야 할 온라인 수업을 만들기 시작한다. 아니 시작하려 하자마자 갑자기 전화벨이 울린다.

혹시나 했는데 역시나 학부모의 항의 전화다.

'하… 진짜 다 때려치고 싶다'

급격히 무너지는 멘탈을 간신히 부여잡고 애써 친절하게 대답한다

"제가 깜박했네요. 죄송합니다. 아직 기한 남았으니 다음 주에 잘 챙겨서 보낼게요."

그래도 지금껏 잘 버텼는데 갑자기 온몸의 힘이 쭉 빠지는 느낌이다. 전화를 끊고 그대로 교탁에 엎드렸다.

'그냥 집에 가고 싶어……'

'차라리 갑자기 코로나라도 걸리면 어떻게 될까? 바로 학교 바로 휴교인가? 온라인 수업 영상 안 올리면 애들은 오히려 좋아하겠지?'

내일 아침까지 수업 영상도 한 편 만들어야 하지만 아무것도 하기 싫다. 혼자서 이런저런 생각에 빠진다. 퍼뜩 정신을 차리고 시계를 보니 벌써 시간이 되었다.

선생 하기 싫은 어떤 순간이 있다. 하지만 지금은 일단 이 순간에 더 집중하기로 한다. 바로 퇴근하는 순간!

선생 하기 싫은 어떤 순간 (2)

"끼이이이익. 쾅!"

어안이 벙벙할 정도로 강한 충격에 얼어서 한참을 자리에 앉아있었다. 놀란 마음을 가라앉히고 일단 차에서 나왔다. 내 차 왼쪽 뒷 범퍼를 박고도 방향을 틀어 10m 이상 더 나아가서 멈춰있는 하얀 차가 보인다. 상대편 운전자도 차에서 스스로 힘으로 나오는 모습이 보인다. 다행히 늦은 시간이라 지나는 차도 거의 없었고 차에 탄 일행도 없다. 각자 자신의 보험회사에 전화를 한다. 곧 엄청난 속도로 레커차가 한 대, 두 대씩 도착한다. 누가 신고했는지 뒤이어 구급차 소리가 들린다. 생각보다 움직일 만 했지만 차도 망가졌고 병원도 가야 하니 일단 엠뷸런스에 올라탄다, 얼떨결에 난생처음 구급차에 실려서 병원 응급실로 향한다.

잠깐의 기다림 끝에 간단한 응급처치와 각종 검사를 받는다. 다행히 골절되거나 부러지진 않았지만 목과 허리에 충격을 많이 받았다는 응급실 전문의 말을 듣는다. 안정을 취하며 경과를 지켜봐야 하니 일단 입원해야 한다는 말과 함께 목 보호대를 차고 그대로 입원실로 향했다. 곧이어 부모님이 오시고 입원 수속을 밟는 동안 어느 정도 안정이 된다. 그러자 바로 한 가지 걱정이 내 머릿속을 채우기 시작했다. '아, 내일 출근하는 날인데 어떡하지……'

교감 선생님께 전화를 드리고 병가 처리할 테니 걱정 말고 몸조리 잘하라는 이야기를 들었지만 마음이 놓이지 않는다. 불편한 마음으로 병실에 누워 치료를 받으며 하루가 지났다. 출근도 안 하고 누워있으니 몸은 편했지만 이번 주 내내 여기 누워있을 자신이 없다. 아니나 다를까 학교에서 전화가 온다. 교감 선생님은 새삼 학교 상황을 설명하며 언제쯤 나올 수 있겠냐고 조심스럽게 묻는다. 사실 모른 척 일주일 정도 병원에 누워있어도 법적인 문제는 없다. 그러나 뻔히 학교 사정을 알기에 이미 전화 오기 전부터 담당 의사에게 퇴원 문의까지 마친 상태였다.

"일주일 이상 입원 치료를 권하지만 원하시면 내일 퇴원하고 통원치료로 전환 가능합니다."

'퇴원이 가능하다는데 안 갈 수도 없고……. 아 정말 가기 싫은데……'

솔직한 속마음은 따로 있었지만 생각보다 아프지도 않고 아이들도 걱정되니 바로 내일부터 출근하겠다고 대답한다.

당연한 이야기지만 담임이 일이 생겨 학교를 못 나와도 애들은 그와 상관없이 학교에 나와야 한다. 내가 병원에 있으면 다른 선생님들이 전담 교사로 비는 시간에 틈틈이 우리 반에 들어와서 수업을 해 주어야 한다. 그러다 정 시간이 안 맞으면 교감 선생님이 우리 반에 들어와서 수업을 해야 하는 상황이 생기기도 한다. 이런 시스템 속에서 학기 중에 아무리 급한 사정이 있어도 법적으로 보장된 연가를 실제로는 거의 쓰지 못한다. 그 때문에 방학에 모든 연가를 몰아서 써야 한다. 학기 중에 한 번 빠지는 순간 우리 반 상태를 다른 교사들에게 다 공개해야 하는 것은 물론 자신의 수업 시간이 늘어나는 직접적인 피해를 본 사람들의 은근한 눈총도 감내해야 한다. 누구나 그렇겠지만 나도 정말 피하고 싶은 상황이다. 그래서 지금껏 학기 중엔 연가는커녕 아무리 아파도 병가 한번 내 본 적 없었다.

다음 날 아침, 퇴원 수속을 밟고 병실에서 내 짐을 챙기는 중이었다. 같은 병실 아주머니 한 분이 왜 벌써 가냐고 괜찮냐고 걱정해주는 한 마디에 가슴이 찌르르하다. 괜찮다고 대답하며 가방을 메는데 뒷 목이 뻐근하니 신경 쓰인다. 수업 준비는 당연히 하나도 안 되어있고 고작 하루 빠졌지만 우리 반의 교과 진도며 교실 상황도 전혀 모른다. 차에 시동을 걸고 학교로 향한다. 방지턱을 넘거나 차가 흔들릴 때마다 목에 통증이 온다. 심각하게 아프지는 않지만 묘하게 거슬리는 통증 때문에 신경은 더 날카로워진다.

'아…… 가기 싫다. 진짜 가기 싫다.'

갑자기 지난번 아팠을 때의 안 좋은 기억이 떠오른다. 감기 몸살로 팔다리가 저리고 열이 났지만, 그냥 무식하게 출근했다. 약 기운으로 멀쩡한 척 온 힘을 다해 수업을 진행하는데 갑자기 한 아이가 머리가 아프다고 조퇴를 요구한다. 꾀병 같기도 하고 충분히 참을 수도 있을 것 같아 보인다. 그러나 아이들은 소중한 존재니까 집으로 보내줘야 한다. 나도 정말 집에 가고 싶은데…… 선생님이니까 끝까지 버텨야 한다. 왠지 모르게 힘 빠진 선생님을 귀신같이 알아챈 아이들은 점점 시끄러워진다. 그리고 억지로 버티는 내 안에서는 무언가 계속해서 무너져 내린다. 그날 무슨 고집인지 끝까지 멀쩡한 척 수업을 다 소화하고 애들을 집에 보내고 나서야 병원으로 향했다.

선생 하기 싫은 어떤 순간이 있다. 그래, 차라리 이번엔 내 감정에 솔직해지자고 생각했다. 교실에 도착하니 아이들은 선생님이 어제 왜 못 왔는지 궁금해한다. 아이들에게 선생님 오늘 너무 아프고 힘드니까 더 힘들지 않게 해달라고 솔직하게 말한다. 강한 척, 괜찮은 척하지 않으니 마음이 한결 편해진다. 하나하나 자세히 해야 할 것들을 말해주지 않아도 아이들 스스로 척척 교과서를 준비하고 해야 할 일들을 한다. 조금이라도 더 집중시키려고 돌아다니며 애쓰지 않아도, 교탁 의자에 가만히 앉아서 교과서 기본 활동만 하라고 해도 자기들끼리 알려주고 주의 주며 열심히 하는 모습을 보인다.

그 모습을 보며 새삼 깨닫는다. 사회가 바라는 왜곡된 시선에 내가 더 사로잡혀있었던 것을. 교사는 슈퍼맨이 아닌데 지금껏 혼자서 모든 짐을 지려 해왔다. 작은 짐이라도 아이들은 충분히 나누어서 들 힘이 있다. 앞에서 모든 짐을 지고 억지로 끌고 갈 필요가 없었다. 옆에서 방향을 제시해 주거나 필요할 때 도와줄 수 있는 조력자 역할이면 충분했다.

　힘을 빼고 앉아서 가만히 바라보니 지금껏 보지 못했던 아이들의 눈망울이 보인다. 학부모 때문에, 아이들 때문에, 그리고 결국 나 때문에 선생 하기 싫고 지치고 힘든 순간들이 여러 번 있었다. 그리고 앞으로도 분명 그런 순간들이 또 올 수 있다. 하지만 아이들에게 오히려 배우는 이 순간, 진심으로 걱정된다는 눈으로 나를 보고 있는 아이들과 처음으로 눈을 마주한 순간, 지금은 바로 눈앞에 존재하는 소중한 순간 외에 다른 것들은 생각하지 않기로 한다.

그럼에도 선생이라 좋은 어떤 순간

친구들 단톡방에서 메시지가 오간다.

"오늘 퇴근하고 오랜만에 스타 2:2 한 판?"

"직접 만나긴 힘들고 다들 아시아 서버로 들어와"

"ㅇㅋ 가능, 근데 몇 시?"

"나 퇴근하고 집 가면 8시쯤? 다들 가능하냐?"

"그럼 나 밥도 좀 간단히 먹고 8시 반에 만나자 다 늦지 않게 들어와라"

친구들 대화를 보고 나도 그때 시간 맞춰서 들어간다고 대답한다.

시간을 맞추기 위해서 오후 4시 40분에 바로 칼같이 퇴근한다. 이어서 바로 운동복으로 갈아입고 계양산으로 향한다. 요즘 코로나19로 배드민턴 클럽을 못 가서 대체 운동을 찾다가 등산을 시작했다. 최대한 쉬는 시간 없이 혼자 정상을 찍고 내려온다. 신기하게도 한 번 올라갈 때마다 시간이 단축된다. 이번엔 정확히 58분 걸렸다. 오는 길에 단백질 보충 겸 시원한 콩국수 한 그릇 하고 집에 들어온다. 기분 좋게 씻고 책상 앞에 앉으니 아직 7시 30분이다. 한 시간이나 남았으니 여유 있게 웹툰도 조금 보고 내일 독서 모임에 읽어야 할 책도 읽는다. 드디어 8시 30분 친구들과 신나게 게임을 하고 시간을 보니 아직 11시 전이다. 최근에 시작한 1일 1 글쓰기를 인증을 위해 급하게 아까 읽은 책의 서평을 쓴다. 12시에 겨우 맞춰서 글을 올린다. 보람찬 기분으로 씻고 핸드폰을 보다가 잠이 든다.

실제로 최근 일주일 중 가장 다양하게 활동하고 시간도 나름 잘 쓴 날을 과장 없이 요약해서 써 봤다. 얼마나 보람차게 사는지 자랑하려고 그러냐고? 솔직

히 어떻게 보면 자랑은 맞지만 얼마나 교사가 개인 시
간이 많을 수 있는지를 보여주기 위해서 실제 예시를
든 것이다. 열심히 이것저것 할 때도 있지만 평소에
힘들면 시간 낭비하면서 그냥 놀 때도 많다. 어쨌든
초등교사는 보통 특별한 일이 없으면 8시 40분까지
출근하고 4시 40분에 퇴근을 할 수 있다. 그렇기 때문
에 조금만 부지런히 움직이면 평일에도 취미 한두 개
정도는 가볍게 할 수 있다. 말 그대로 일과 삶의 균형
이 보장된 삶을 살 수 있다.

***

개인 시간이 많다는 점 말고도 교사여서 정말 좋
은 순간이 몇 가지 더 있다. 일반 직장은 안 다녀봐서
잘 모르겠지만 상사로 인한 스트레스가 크다고 들었
다. 그러나 학교에서는 상사가 거의 없다고 보면 된다.
정확히 말하면 교감, 교장 단 둘 뿐이다. 평교사에서
승진하면 교감이고 교감에서 승진하면 교장이다. 즉
교감이 되기 전까지는 모두 똑같은 교사이다. 부장 교

사가 있지 않냐고? 학년 부장이니 업무부장이니 하는 것은 단순 보직이다. 나 또한 올해에는 얼떨결에 체육부장이라는 보직을 달고 있지만 말이 부장이지 그냥 체육부, 학교 운동부와 관련된 각종 행정적 업무를 맡아서 하는 역할이라고 보면 된다. 내년에 안 맡으면 그냥 사라지는 역할이다.

군대에서는 한 두 달 차이에도 계급이 갈리고 선임은 후임에게 절대자와 같은 존재였다. 그러나 처음에 교직에 들어오고 정말 신기했던 점 중 하나는 갓들어온 신입 교사인 나와 옆 반의 엄청난 대 선배 교사와 실제로도 평등한 교사라는 점이었다. 엄청난 꼰대 기질을 가진 사람이 아니라면 보통은 똑같은 한 명의 선생으로서 서로를 존중해주는 것이 일반적이다. 단 한 가지 주의할 점은 까딱 잘못하면 반 아이들 한 명, 한 명을 상사로 모셔야 하고 거기에 학부모들까지 더해서 수많은 상사들에게 시달릴 수도 있다는 점이다. 그 정도만 주의하면 직장 상사에 의한 스트레스는 거의 없을 확률이 높다.

***

교사여서 좋은 최고의 순간은 역시 방학이다. 그러나 오해하면 안 된다. 교사들이 방학이라고 절대 놀기만 하지는 않는다. 보통 업무부장을 맡으면 방학 중에도 처리할 일이 계속 들어온다. 그리고 의무적으로 연간 연수 시간을 채워야 해서 방학 내내 연수만 들어야하는 경우도 있다. 또한 방학에도 돌아가면서 근무를 해야 한다. 그리고 방학을 정말 알차게 보내시는 선생님들도 있다. 그분들은 방학을 각종 연수를 받고 교육과정을 개발하고 교과서 재구성 및 자기 탐색의 시간까지 가지는 시간으로 활용한다. 그러나 나는 되도록방학을 온전히 노는 시간으로 쓰기 위해 노력한다.

일단 학기 중에는 연가를 아예 못 쓰기 때문에 방학이라는 재충전 시간은 정말 소중하다. 이 소중한 방학을 오롯이 해외여행과 같은 나만의 시간으로 보내기 위해서는 몇 가지 사전 작업이 필요하다. 우선 연수 시간 채우기이다. 학기 중에는 평상시 남는 시간

틈틈이 원격연수를 미리 수강한다. 교육과정 개발이나 각종 업무는 최대한 미리 끝낸다. 그리고 원격업무 처리시스템을 따로 신청해야 한다. 그래야만 학교에 나오지 않고도 혹시 모를 돌발상황을 내 개인 PC로 처리할 수 있다. 그리고 제일 중요한 일이 남았다. 방학 중 근무계획이 나오면 곧바로 누구보다 빠르게 움직여야 한다. 방학 시작하는 날, 끝나는 날 근무이신 선생님들을 찾아뵙고 근무 날짜를 바꿀 수 있는지 정중히 물어본다. 이러한 철저한 사전 준비 작업을 통해서 바로 저번 방학에도 한 달 내내 놀러만 다니는 선생이 될 수 있었다.

***

"어? 눈 쌓인다. 애들아 다른 반 수업 중이니까 조용히 줄 서. 아무 소리 내지 말고 조용히 나가자!"

"!!!!!!!!"(아이들의 소리 없는 아우성)

실제로 작년 수업 중에 첫눈이 오는 것을 보고 아이들과 바로 밖으로 나갔다. 아직 아무도 밟지 않는 눈으로 눈싸움도 하고 몇 명은 눈사람도 만들었다. 처음에 구경만 하려다가 눈덩이에 몇 번 맞고 나도 진심으로 같이 눈도 던지고 장난꾸러기들에게는 눈도 한 입씩 먹여주었다. 사진으로도 남아있는 잊지 못할 우리반 만의 추억 중 하나이다. 물론 뒤늦게 나온 반도 있지만 눈이 그치는 바람에 안타깝게도 우리가 이미 한 번 휩쓸고 남아있는 더러워지고 녹고 있는 눈에서 놀았다고 한다.

교사여서 좋은 점 중 운영의 자율성도 빼놓을 수 없다. 초등학교 선생님은 온종일 자기 교실에서 상주하면서 자기 반의 전 과목을 거의 담당해서 가르친다. 자주는 못 하지만 예를 들어 눈이 와서 갑자기 나가 놀아도 다른 수업에서 진도를 조절하거나 수업 재구성을 통해 밀린 진도를 맞출 수 있다. 다른 반 교사나 교감, 교장도 우리 반이 어떻게 운영되는지 잘 모른다. 참견하고 싶어도 하기도 어렵다. 그래서 성취기준을 지키고 기본적으로 해야 할 것들만 충족한다면 뭐라고 할 사람이 없다. 어떤 수업을 하고 어떻게 반을 운영할지, 오늘 당장 뭘 할지를 교사가 거의 자율적으로 정해서 할 수 있다. 그래서 나처럼 놀기 좋아하는 교사는 아이들과 기회만 나면 놀면서 시간을 보낼 수 있다. 나는 더 제대로 놀기 위해서 교실놀이 연구회도 가입하고 다양한 놀이를 배우기도 했다.

선생이라 좋은 어떤 순간들이 있다. 교실에서 즐겁게 아이들과 놀고 있는 바로 이 순간이 그렇다.

불량교사라서 좋은 어떤 순간들

"선생님, 에어컨에서 미지근한 바람 나와요. 그냥 저희 에어컨 끄고 창문 열어요"

"조금만 참고 기다려 보자. 그래도 계속 틀어놓으면 점점 시원해지긴 할 거야"

지금이야 조금만 더워도 시스템 에어컨이 빵빵하게 돌아가지만 불과 몇 년 전만 해도 에너지사용 제한 조치가 있었다. 게다가 우리 학교 교장은 공공기관 냉방 온도 28도 의무제한을 지독하게도 철저히 지키고 있었다. 기온이 30도가 넘어가면 한 번씩 틀어주는 에어컨은 28도로 고정되어 있어서 찬 바람이 나오지 않았고 덕분에 아이들도 나도 죽을 맛이었다. 이러한 상황에서 당시 초임 교사였던 나는 다른 선생님들 몰래 아이들과 소소하게 작당 모의를 했다.

"자, 다들 준비해 왔지? 최대한 조용하게 이동해야해. 우리의 흔적을 남기지 않도록 조심하고 시간 안에 조용히 치고 빠져야 한다는 것 명심하기!"

다음 날 아침, 전날 이야기 한 대로 각자 준비해온 아이들과 나는 들뜬 마음으로 가방을 메고 실과실로 향했다. 평소에 시끄럽게 떠들던 장난꾸러기 녀석들도 오늘만은 조용히 움직였다. 실과실에 도착한 우리들은 자신의 가방에서 준비한 물건을 꺼냈다. 그리고 곧이어 시작됐다. 더위를 한 방에 날려버릴 우리반만의 시크릿 빙수 파티가.

당시 내가 가르치는 학년은 3학년이었고 실과는 5학년부터 있는 과목이다. 5학년, 6학년은 실과 교과 시간에 각종 실습 등을 위해서 실과실을 쓸 일이 있지만 3학년은 실과실에 올 일이 딱히 없었다. 하지만 그날 10:30까지 이용하는 반이 없다는 것을 미리 확인해 두었기에 그 전에만 깨끗이 치우고 가면 아무 일도 없으리라 생각했다. 그때는 아무것도 모르는 신입 교사의 패기로 일단 질렀지만 지금 생각해보니 교육과정 파행적 운영 문제뿐 아니라 식중독 문제 등 걸리는 것이 한 두 가지가 아니다..

실과실에 도착하자마자 나는 가방에서 비장의 무기를 꺼냈다. 집에서 아무도 안 쓰고 잠들어 있던 빙수기가 드디어 자기 본연의 역할을 하기 위해 등장했다. 거기에 어제 집 앞 마트에서 급하게 산 초코시럽, 팥, 종이컵, 남은 급식 우유들 얼려까지 놓은 것까지 내 준비는 완벽했다. 아이들도 하나둘씩 가방에서 준비한 것들을 꺼내기 시작했다. 얼린 우유부터 시작해서 오레오 과자, 시리얼, 엄마가 싸주신 조각 과일, 그리고 각자 집에서 가져온 숟가락까지. 다들 어제 말한 대로 준비를 잘 해왔다. 빙수기에 우유를 넣고 갈기 시작한다. 생각보다 쉽게 잘 갈린다. 다행히 시간 안에 다들 먹고 나올 수 있을 것 같다. 정신없이 빙수를 갈고 아이들과 허겁지겁 맛있게 먹는다. 원래도 맛있지만 몰래 먹으니 더 맛있게 느껴진다.

다행히 시간 안에 겨우 정리를 마치고 교실로 돌아왔다. 우리끼리 미션 성공했다고 자축하고 좋아했지만, 다음날 교무실에서 호출이 왔다. 교감 선생님은 이번에는 처음이고 내가 잘 모르고 그랬으니 그냥 넘어가는데 문제가 생길 수 있으니 조심해야 한다고 하신다. 하긴 30여 명이 우르르 몰려가서 두시간 동안 뚝딱거리다가 왔는데 아무도 모를 리 없었다. 교직생활을 하며 처음으로 교감 선생님께 혼났지만 좋은 기억으로 남아있다. 어쨌든 그날의 비밀 작당 덕분에 아이들이 무더운 여름을 웃으며 보낼 수 있었다고 생각한다.

******

즐겁게 주말을 보내고 난 월요일 아침 옆 반 선생님과 인사를 나눴다

"선생님 주말 잘 보내셨어요?"

"아뇨 저 이번에 사회 3차시, 4차시 영상 두 개 만

드는데 더빙 프로그램이랑 싱크 맞추기 힘들어서 주말 내내 고생했었어요. 그리고 이번 주에 애들 오잖아요 오랜만에 보는데 만나서 해야 하는 수업자료 준비하느냐고 너무 바빴어요"

"와 대단하세요. 저는 일이 있어서 어디 좀 다녀왔어요"

와 역시 2반 선생님은 진정한 참교사다. 사실 나는 주말에 캠핑 다녀온다고 당장 내일 수업도 거의 준비 못 했다. 예전에는 이런 분들을 보면 나도 열심히 따라가야겠다고 의지를 불태우기도 했다. 그러다가 어느 때는 왜 나는 이거 밖에 안될까란 생각에 자책하고 걱정하기도 했다. 그러다 어느 순간에는 저런 게 답답하다고 느껴지기도 했다. '한 번뿐인 인생 행복하게 살기도 부족한데 뭐 하는 거람. 나처럼 인생을 즐기는 게 승자지' 같은 철없는 생각도 들었다.

지금은 그냥 인정하며 살고 있다. 각자의 삶이 있고 추구하는 방향이 다르다. 수업 준비를 매일 몇 시간씩 하고 아이들을 위해 헌신하는 선생님이 비하면

난 불량교사다. 보통 수업 준비에 과목당 30분 이상 쓰지 않는다. 이미 아는 내용이거나 안 중요하다고 생각되는 부분에서는 10분도 아깝다. 차라리 아이들과 할 교실 놀이를 준비하는 데 시간을 훨씬 더 쓴다. 애들과 보드게임을 하고 싶어서 학급운영비는 물론 사비까지 털어서 각종 게임을 산다. 최대한 수업에 게임을 결합한다. 최소한 하루에 한 시간이라도 놀이 시간은 무조건 확보해야 한다. 아이들을 보내면 서둘러 집에 갈 준비를 한다. 업무처리는 오늘 꼭 해야 하는 것이 아니면 다 못해도 어쩔 수 없다. 퇴근 시간 사수를 위해 내일로 미룬다. 퇴근 후 곧바로 보드게임 모임에 참석한다.

학교생활도 물론 중요하지만, 퇴근 후의 내 삶은 정말 소중하다. 보통 퇴근 후에는 여러 가지 취미를 즐기러 다닌다. 때로는 자기 계발을 열심히 하기도 한다. 아니면 그냥 친구들 만나고 게임하고 논다. 사실 교사는 경험이 다 재산이다. 핑계 같지만 그래서 일부러 더 다양한 경험을 하러 놀러 다닌다. 오늘도 퇴근

후 즐거운 시간을 보낸다. 그리고 다음날 재충전된 상태로 기분 좋게 출근한다.

어떤 순간이 있다. 나 스스로가 불량교사라고 느껴지는. 하지만 난 그런 내 모습이 싫지 않다. 난 오늘도 그냥 노는 데 집중한다. 내가 먼저 행복해야 아이들도 행복하다.

에필로그

5

김효섭

내가 음식의 맛에 대해 민감하게 반응하고 즐기는지를 글을 쓰면서 알았다. 몇몇 좋아하는 음식들을 맛있게 먹는 게 전부인 줄 알았는데 그게 아니었나보다. 글을 쓸 때 음식을 먹는 순간이 지금인 것처럼 머릿속으로 상상을 많이 한다. 그때의 맛, 느낌, 감정, 주변 풍경 등이 눈앞에 펼쳐지면서 나는 그 순간을 글로 옮겨 적었다.

내가 먹은 음식에는 추억과 기억의 이야기가 숨어있

었다. 그 추억의 맛들이 모여 나의 취향을 이루었다. 평범한 메뉴들이지만 먹는 사람에 따라 다른 추억을 갖는다. 그리고 나만이 느낄 수 있는 유일한 맛이 된다. 다시 느낄 수 없는 그 시절의 맛.

당신의 맛은 무엇인가요?

서정신

글을 쓰고 싶다는 막연한 생각이, 그저 무모한 생각들이 정말 책으로 나올까. 그런 생각들이 계속 들었다. 별 특별한 사람도 아니고 특별한 이야기도 없고 그저 평범한 나의 이야기가 사람들에게 어떻게 읽힐까, 사람들은 내 말에 공감할까, 내가 하고 싶은 이야기가 무엇인지.

진짜 별의별 생각이 다 들었다. 그런데도 글을 쓰게 되는 이유는 너무 세상과 소통하고 싶어서일거다. 내 삶을 나누고 싶고 같이 느끼고 싶어서 일거다. 대단하고 긴 글은 아니었지만 쓰면서 계속 즐거웠다. 이 이야기로 사람들과 나눌 수 있는 이야깃거리가 생겼으면 좋겠다. 그리고 많은 분들의 이야기도 듣고 싶다.

 세상에 첫발을 딛는 순간, 잊지 못할 추억이 될 것이다.

정다예

딸이 아빠의 이야기를 아빠의 시점으로 쓰다니. 제가
봐도 조금 이상한 글입니다. 제 시점으로 글을 쓰니
감정적인 부분이 많이 들어가더라고요. 그래서 방식
을 바꾸어 제 시점 분량을 줄이고 아빠의 시점으로 하
루를 있는 그대로 썼습니다.

글에서는 아빠의 이야기만 나오는데, 엄마도 같이 가
게에서 일하십니다. 두 분 다 저와 동생 앞에서 힘들
다는 말을 잘 안 하시는데, 이번에 글을 쓰면서 같이
이야기를 많이 했습니다. 이야기를 해보니 엄마와 아

빠 모두 가게 일 때문에 삶이 없어진 것이 아닐까 하고 걱정했었는데, 걱정과 다르게 삶의 목표가 확실하게 있더라고요. 심지어 엄마는 관심 있는 분야의 강의도 결제해 듣고 있다고 해서 놀랐습니다.

　새로운 것에 도전하니까 정신없고, 같이 책을 쓰는 분들의 글과 내 글을 비교하면서 자책하기도 했지만 얻은 것이 더 많은 것 같아요.

헉자

솔직한 내 이야기를 쓰고 싶었습니다. 글쓰기에 있어서 솔직함이 정말 중요하고 또 어렵다는 것을 다시 한번 느낍니다. 그래도 이 책을 쓰는 순간에는 오롯이 '나'에게만 집중할 수 있어서 좋았습니다. 첫 작품이라 가볍게 쓰고 싶었는데 쓰다 보니 어느새 밤새워. 머리를 쥐어뜯고 있는 저를 발견하고 놀랐습니다. 힘든 과정이었지만 막상 완성하고 나니 뿌듯하면서도 아쉬움도 많이 남네요.

놀기 좋아하는 내가 과감하게 책 쓰기를 시작했다는

것에 격려의 박수를 보내고 싶습니다. 그리고 옆에서 격려해주고 힘이 되어준 주변의 소중한 내 사람들에게 고맙다는 말을 전하고 싶습니다. 이 첫걸음을 계기로 앞으로 진정으로 쓰고 싶었던 나만의 책을 써보려고 합니다. 여기까지 읽어주신 모든 분께도 정말 감사합니다. 다들 행복하세요.

인생을 채우는 어느 순간들

초판 1쇄 발행 2020년 8월 14일

지은이	김효섭 • 서정신 • 정다예 • 헉자
발행처	키효북스
펴낸이	김한솔이
디자인	김효섭
주소	인천시 부평구 부평대로 165번길 26, 1층 출판스튜디오 쓰는하루(21364)
이메일	two_hs@naver.com
블로그	https://blog.naver.com/two_hs
인스타그램	@writing_day_

ISBN 979-11-970848-3-6